隐居图

新时代女性文丛

鲁敏 著

主编 张莉

中原出版传媒集团
中原传媒股份公司

大象出版社
·郑州·

图书在版编目(CIP)数据

隐居图 / 鲁敏著. — 郑州：大象出版社，2024.5
(新时代女性文丛 / 张莉主编)
ISBN 978-7-5711-1817-4

Ⅰ.①隐… Ⅱ.①鲁… Ⅲ.①中篇小说-小说集-中国-当代 Ⅳ.①I247.5

中国国家版本馆 CIP 数据核字(2023)第 096484 号

新时代女性文丛
隐居图
YINJU TU
主　　编　张　莉
本书主编　谭　复
鲁　敏　著

出 版 人	汪林中
策划编辑	张桂枝　孟建华
项目统筹	陈　灼
责任编辑	孙志莉
责任校对	张英方
装帧设计	王莉娟
责任印制	张　庆

出版发行	大象出版社(郑州市郑东新区祥盛街 27 号　邮政编码 450016)
	发行科　0371-63863551　　总编室　0371-65597936
网　　址	www.daxiang.cn
印　　刷	北京汇林印务有限公司
经　　销	各地新华书店经销
开　　本	787 mm×1092 mm　1/32
印　　张	8.25
字　　数	139 千字
版　　次	2024 年 5 月第 1 版　2024 年 5 月第 1 次印刷
定　　价	45.00 元

若发现印、装质量问题，影响阅读，请与承印厂联系调换。
印厂地址　北京市大兴区黄村镇南六环磁各庄立交桥南 200 米(中轴路东侧)
邮政编码　102600　　　　　电话　010-61264834

杂花生树,气象万千
——"新时代女性文丛"序言

"新时代女性文丛"旨在展现十年来中国女性文学创作的样貌和实绩,由五部小说集构成:乔叶《亲爱的她们》、滕肖澜《沪上心居》、鲁敏《隐居图》、黄咏梅《睡莲失眠》、马金莲《西海固的长河》。乔叶、滕肖澜、鲁敏、黄咏梅、马金莲是鲁迅文学奖中短篇小说奖得主,也是十年来成长最为迅速、深受大众瞩目的中青年女作家,她们来自北京、上海、南京、杭州、西海固,她们的作品真实记录了幅员辽阔的中国大地上女性生活的重大变迁,完整而全面地呈现了十年来中国女性文学创作所取得的成就。

"新时代女性文丛"有着统一的编排体例,每部小说集都收录了作家关于女性生活的代表作,同时也收录了作品的创作谈和同行评论、作家创作年表，这样编排的宗旨在于通过作品展现新一代女作家的创作全貌及其文学史评价。一书在手，读者可以基本了解作家的主要特色——既可以直观而真切地了解这位作家的创作特点、熟悉她最具代表性的作品，也可以了解这些新锐女作家十年来的成长轨迹，了解中国女性文学发展的风貌。

一

乔叶的《亲爱的她们》中，收录了《轮椅》《家常话——献给汶川大地震遇难同胞及其家属》《语文课》《鲈鱼的理由》《最慢的是活着》等多部代表作。她对于女性生活的记录质朴、深情，令人心怀感慨。《最慢的是活着》是她获得鲁迅文学奖中篇小说奖的作品，也是当代文学史上深具影响力的作品。奶奶的形象具有普遍性——她年轻时守寡，活着的目的只是使孩子们活下去。她织布，忙碌，深爱自己的儿子，但儿子还是死在她的前面，儿媳也死在她的前面。奶奶一天一天老去，慢慢和孙女达成了和解……乔叶点点滴滴地记述着一个女人的身体从年轻到苍老的琐屑，正是这些琐屑构成中国普通女人的民间史。"我的祖母已经远去。可我越来越清楚地知道：我和她的真正间距从来就不是太宽。无论年龄，还是生死。如一条河，我在此，她在彼。我们构成了河的两岸。当她堤石坍塌顺流而下的时候，我也已经泅到对岸，自觉地站在了她的旧址上。我的新貌，在某种意义上，就是她的陈颜。我必须在她的根里成长，她必须在我的身体里复现，如同我和我的孩子，我的孩子和我孩子的孩子，所有人的孩子和所有人孩子的孩子。"小说有缓慢的美，这使女人的历史和人的历史成了一条生生不息的河，也使整部小说具有了气象。一如鲁迅文学奖颁奖词所言："《最慢的是活着》透过奶奶漫长坚韧的一生，深情而饱满地展现了中华文化的家族伦理形态和潜在的人性之美。祖母和孙女之间的心理对峙和化芥蒂为爱，构成了小说奇特的张力；如怨如慕的绵绵叙述，让人沉浸于对民族精神承传的无尽回味中。"

滕肖澜是新一代上海作家。《沪上心居》收录了《梦里的老鼠》《姹紫嫣红开遍》《美丽的日子》《上海底片》四篇小说。滕肖澜写上海，使用的是本地人视角，在她那里，上海是褪尽铅华的所在，上海是过日子的地方，柴米油盐，讲的是实实在在。

因此，上海人眼里的上海，并不是直升机航拍下的那个不夜城。《美丽的日子》讲述了两个女人的故事。一个上海人，一个外地人；一老，一少。"上海人的那一点点小心眼，自尊又自卑；上饶人的那股子不屈不挠的心劲，可敬又可怜。怕人欺的人，未必不是欺人的人。为了生活，谁都不见得能做到完全问心无愧。"但无论怎样过日子，都要过美丽的日子，即使这日子没有那么美丽，也要过成美丽的样子。鲁迅文学奖颁奖词说："《美丽的日子》，叙述沉着，结构精巧，细致刻画两代女性的情感和生活，展现了普通女性追求婚姻幸福的执著梦想，她们的苦涩酸楚、她们的缜密机心、她们的笨拙和坚韧。这是对日常生活中的美与善、同情与爱的珍重表达。名实、显隐、城乡、进出等细节的对照描写，从独特的角度生动表现了中国式的家庭观念和婚姻伦理。"滕肖澜的小说元气充沛，有一种来自实在生活所给予的写作能量，读来可亲。

二

鲁敏的《隐居图》，收录了她的小说《白围脖》《镜中姐妹》《细细红线》《隐居图》，这里面的大多数人物是"越界者"与"脱轨者",他们渴望着一个脱离"常规"的世界,携带着都市人身上微小的疾患与怪癖。鲁敏热衷于对暗疾"显微"的书写,很多人物都出现了某种"暗疾":窥视欲、皮肤病、莫名其妙的眩晕、呕吐、说谎。她的人物于"暗疾"处脱轨,也于"暗疾"处渴望重生。"忆宁像孩子一样放声大哭起来:爸爸,我想你。"这是《白围脖》的结尾,其中含有对父亲深情的向往与想念,但又不仅仅是单向度的。鲁敏小说中的"父女情感"要复杂得多,也许这不是情谊,而是由父亲引发的焦虑——她对父亲是有距离的疏离,一种犹疑和一种情感上的不确定性,父亲在她的作品中既强大地"在场",又虚弱地"远去"。鲁敏的小说常让人感觉有暧昧的光晕存在,是那种"可能"与"不可能"并置——小说某个场景的逼真令人感到结结实实的撞击,可是,当你意识到,她漫不经心地对诸多生活琐屑的搜集使小说的许多场景充满诱惑力时,沉浸其中的你又分明听到了叙述人那兴致盎然和并不缺少幽默的解说,这使鲁敏小说多了很多分岔,有了许多风景……一切就成了景中之景,画外之画,分外迷人。

黄咏梅的作品中，有一种令人亲近的时代感和现实感，你几乎一下子就能感觉到，这是一位能切实书写我们时代生活的写作者。《睡莲失眠》中，收录了她关于女性生活的多部作品，如《睡莲失眠》《多宝路的风》《勾肩搭背》《草暖》《开发区》《瓜子》等。在小说集同名小说《睡莲失眠》中，黄咏梅书写了一位婚姻生活并不如意的女性，尽管婚姻生活令人失望，但她并没有成为弃妇，正如批评家梁又一所评价的，这篇小说之好，"好在作家不只停留在描写女性对男性的依附关系上，而是把更多的笔墨放到了女性主体意识的觉醒。得知丈夫出轨的许戈，没有像众人所想象的那样选择谅解，只是缓慢而坚决地同这段表面光鲜、实则内里早已破败的婚姻告别，销毁掉一切不必存在的联系，重新开始自己的人生。昼开夜合的睡莲本是世间常态的显现，唯独那朵白天绽放、夜晚照旧盛开的睡莲，隐喻了她们——这群重获主体意识的女性的卓尔不凡与温柔凛冽"。黄咏梅的小说切肤而令人心有所感，她笔下的人物总能引起读者深深的共情。

很难把马金莲和我们同时代其他"80后"作家联系在一起，因为她的所写、所思、所感与其他同龄人有极大不同。《西海固的长河》收录了她的《碎媳妇》《山歌儿》《淡妆》《1988年风流韵事》《母亲和她的第一个连手》。马金莲笔下的生活与我们所感知到的生活有一些时间的距离，那似乎是一种更为缓慢的节奏。当然，即使是慢节奏也依然是迷人的。她的文字透过时光的褶皱，凸显出另一种生活的本真，那是远离北上广、远离聚光灯的生活。她持续写下那些被人遗忘的或只是被人一笔带过的人与事，并且重新赋予这些人与事以光泽。她写下固原小城的百姓，扇子湾、花儿岔等地人们的风俗世界；画下中国西部乡民的面容；刻下他们的悲喜哀乐、烟火人生——我们的时代还没有哪位青年作家比马金莲更了解那些远在西海固女人的生活。她讲述她们热气腾腾、辛苦劳作的日常，讲述她们的情感、悲伤、痛楚和内心的纠葛。她写得动容、动情、动意。马金莲写出了回族人民尤其是回族女人生命中的温顺、真挚、纯朴，也写出了她们内在里的坚韧和强大。马金莲的写作有如那西北大地上茂盛的庄稼和疯长的植物，因为全然是野生的与自在的，所以是动人的。

三

无论是《亲爱的她们》《沪上心居》，还是《隐居图》《睡莲失眠》《西海固的长河》，"新时代女性文丛"致力于为广大读者呈现我们新时代女性的生活，同时也展现了我们新时代女性身上的坚韧和强大。通读这五部小说集时，我的内心时时涌起一种感动，我以为，它们完整呈现了中国女作家越来越蓬勃的创作实力，作为读者，我们能从中感受到热气腾腾的时代脉搏，感受到我们时代的气息和调性。真诚希望更多的读者喜欢这些作品，也希望读者们经由这些作品去更深入了解这些作家笔下的文学世界。

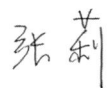

张莉

2022 年 5 月 3 日

目 录 Contents

003 **白围脖**
父亲的围脖就这样紧贴着忆宁的脖子复活了,带着遥远的气息和体温。这个围脖使得忆宁在一整个冬天都分外伤感和多疑。

059 **镜中姐妹**
小五一个人悄悄地走到郊外的林子里,她要把那些玩意儿挖个洞给埋掉。

127 **细细红线**
人与人之间,有很多道你看不见的红线,那便是疆界,神圣的疆界,一旦踏过,就等于是把线给踩断了。一切都结束了。

189 **隐居图**
"还记得吗?我曾是你的女朋友,你曾是我的男朋友。""记得。"孟楼干巴巴地答。

235 **创作年表**

创作谈 /

在若干的虚构小说里，反复地书写不存在、不在场的父亲，算是多次脱敏了。……最近刚刚完稿的一部长篇里，父亲仍然是其中一个引擎式的阴影。当时我曾经想把这个动力角色设计成母亲，但发现我自己都说服不了自己。

实际上，我有一个倒推的假设，假如生活中我与父亲的关系并不是这样，但是极有可能，我仍然会以父性作为一个穷极追索的母题。因为这不是对具体一位父亲的渴望，而是对父性的一种悬空指认，这种指认是无血亲的，是一个精神上的抽象父性，其强悍又慈悲，懂得灰色，懂得绝望，足以构成备案式的源泉——归根结底，是我在智性上自给自足的程度不够，故而对外部力量产生了沉湎式的长期幻想。

时至今日，我已经不打算再做任何摘除或撇清了。我打算认认真真地接受这种情理与心理上的命定。裂纹，正是一种花纹，不失其美。

鲁敏、何平《"把虚妄定作这一生的基调"》
《东方文化周刊》2017 年第 48 期

白围脖

一

父亲突然而至的死讯让忆宁在吃惊、伤心之余大大地松了一口气：倍感屈辱、谣言流传的日子也许从此要画上完美的句号。

当时正好是暑假，忆宁与几个亲戚从乡下连夜赶到南京，早到一步的母亲像石头一样还坐在医院的走廊发呆，她的嗓子已经说不出话了。亲戚们带着忆宁到太平间看人，忆宁两只眼干干地盯着父亲看了好一会儿：躺在那儿的像是个陌生人，突然降临的死神之吻使得父亲保留了一种吃惊和怀疑的表情，他的两只手极其服帖地合在胸前，修长的手指好像随时准备弹起向人问候。这个错觉让忆宁感到害怕。细算起来，从忆宁出生到现在，十五年的时间，除了每年春节二十天左右的探亲假，父亲一直单身在南京工作，忆宁与父亲共同生活的日子合算起来还不到一年的时间，这对一个成长中的孩子来说显然不足以建立起纯正的亲情，更何况父亲还有那么多与众不同的不良经历。——忆宁原谅了自己的眼睛：哭不出来就算了。

父亲死于毫无先兆的心脏病，倒在一张快要完工的图纸上。这对一个四十岁的男人来讲，的确是令人惋惜的英年早逝，哪怕他曾经犯过不可饶恕的错。厂里面问母亲："有什么要求吗?"

"钱一分不要,我只要留在南京照顾我女儿,我女儿今年9月份就要考到南京读书了。"母亲的回答让所有的人都大吃一惊,厂工会主席手里面是准备了一千元抚恤金的,这已是按工伤处理的最高级别了。这一年夏天,正是忆宁中考后的第一个夏天,忆宁报考的省电力专科学校在忆宁老家只招四名学生。工会主席看看腕上的表,才7月18号,离中考放榜最起码还要一个月:这个寡妇在赌博,而且是拿喜怒无常的中考成绩。工会主席看看站在一边发傻的忆宁,衣服穿得乱七八糟,连普通话都说不出声,就这个小孩,能考到南京来?工会主席在高度怀疑之余又动了一点恻隐之心,他的回答同样出乎所有人的意料,他不合时宜地爽朗一笑:"好吧,如果你女儿真的考到南京来,厂里会考虑你的意见。"工会主席心里其实是有谱的,像父亲那样的技术人员,夫妻分居到十年以上,国家就有政策可以把其爱人户口调到南京来,再说了,四千多人的大厂子,安插一个临时工还算难事吗?

两天后的追悼会上,扶着虚弱不堪的母亲,面对着父亲单位一拨拨前来悼唁的人,忆宁像个警觉的探员一样不动声色地对其中的适龄女性进行了过筛式的记忆和研究。忆宁很有把握地想:那个女人一定就在其中。来吧,出现吧,让我好好看看你这只"小母猪"的骚样。这是母亲经常大声咒骂的一句话。在忆宁和母亲看来,那个女人没有别的名字,也不配有别的名字,她只能叫"小母猪"。就是这只浑身散发刺鼻骚味的"小母猪"让父亲的一生沾染上了"生活腐化"的腥味,就是因为"生活腐化",从1975年到1981年,短短的六年时间,父亲竟然被劳动教养两回。这在纯洁得近乎苍白的20世纪70年代,是多么骇人听闻的丑闻啊!父亲的事成了他们单位的一块暗疮,人人都可以在上面挠上一把以换来瞬间惬意的快感。父亲从此一蹶不振,跟他同一年工作的人有的都当了副厂长了,父亲的职称还在技术员一栏徘徊不前。

两度劳教的丑闻接着又像鲲鹏一样张开它们巨大的翅膀从南京一路飞到乡下,曾经因为在省城工作而被全家引以为傲的父亲一下子成了无法遮挡的耻辱,四邻八舍、亲姑嫡婆对忆宁全家也由原先的亦步亦趋转为望而却步。忆宁与母亲本是孤苦伶仃的受害者,但在视名誉和清白如祖传珍宝的村人们眼里,她们早被打入了同谋者的冷宫。忆宁的家像染上瘟疫的孤岛,男人女人们都自觉地无须掩饰地加以回避。连母亲所在小学的学生家长们,那些不明就里却又自以为是的家伙,也对孩子放出话来:"不要到田老师家里去耍子哦,那个婆娘真是笨呐,连男人都看不住。"类似的幸灾乐祸的传言如影随形伴随着忆宁母亲的每一天。忆宁的母亲去学校时走过田头,那些埋着头淌着汗低头劳作的妇人们会直起腰身像休息一样地谈到父亲暧昧的罪恶及母亲形影相吊寂寞难耐的现状:这也许是她们劳碌而无聊的日子里最富有刺激意味的唯一调剂。母亲的背影成了一个长盛不衰的话题,到最后,甚至有传言说母亲在半夜里跑到别人的窗下听壁脚以打发无尽的春夜。玩伴们也开始对忆宁客气且疏远起来,一些大胆的还远远地拍手乱唱:"你爸不要你妈妈,抱个阿姨去睡觉,生个弟弟带回家,看你到时笑不笑……"是啊,一切的一切,全怪那只"小母猪",母亲和忆宁在以泪洗面的日子里常常会用她们所能想象到的最恶毒的语言诅咒那个女人,世上竟然会有这么下贱的女人,自己年纪轻轻的不结婚,却要勾引人家小孩都有了的男人!哪一天能碰到她,把她脸抓破,手扭断,腿打瘸!

忆宁感觉到母亲突然用力在背后扯了一下她的衣服,与此同时,忆宁也看见了一个引人注目的漂亮女人,周围人们脸上吃惊的表情及她带来的某种气息使忆宁意识到:就是她!她就是"小母猪"!这么大的胆子,竟然真来了!女人看上去很年轻,个子不太高,穿了一身黑,显得很娇小,眉毛一直低低地垂着,手里捏着一块手帕。忆宁像要吃掉这个女人似的盯着她看,这个女人真是耐看,并不引人厌恶,而且没有一点儿被忆宁和母亲咒骂过上万次的那种骚气。最关键的是她的神情中有种难以描述的绝望和悲痛,但这绝望和悲痛又是不易觉察的,被一种超然的平静和冷淡所笼罩着,外人基本上感觉不到。她混杂在人群中,从忆宁面前低着头走过去,然后绕着走了一圈看父亲的遗容。忆宁注意到她的背影,两只屁股好看地轻微摆动着,像一种隐秘的舞蹈。就是在这样的背影之中,那黑色剪影一样完美的线条之中,忆宁仍能感觉到那种带有力度和色彩的绝望。忆宁看了看母亲,母亲也在看那女人的背影,忆宁捅捅母亲,想要问她该拿这只"小母猪"怎么办,冲上去喊住她打一顿还是怎么说,难道就让她这样姿态优美地逃之夭夭?不料母亲身子一歪,突然昏了过去。

所有的人都走了之后,忆宁开始细细收拾父亲的房间。忆宁和母亲一样对自己的中考成绩无比自信,忆宁相信,这间小小的宿舍,将成为母女二人今后在南京的唯一据点。

在这之前,由于家庭结构的特殊性,父亲的长期在外使得母亲带着忆宁不自觉地回避了一切与男人交往的途径,除了父亲,忆宁的生活里没有别的亲近的男性,而父亲,又基本上从未进入过忆宁的世界。男人,一直是忆宁从小至今最大的陌生领地。小时候,忆宁时常看到邻居家的女孩子奔跑着扑向父亲的怀抱撒娇卖傻,并被父亲的胡须亲得咯咯直笑,这常常让忆宁看得透不过气:女儿怎么能这样贴着父亲呢!

简直太那个了,他们怎么不脸红的。当然,随着年龄的增长,忆宁渐渐接受了父女之情的那种热烈的表现方式,虽然父亲从未对自己有过任何形式和内容的亲近。事实上,自踏入父亲宿舍起,忆宁就意识到,这将是她这辈子与死去父亲唯一的一次深入接近。面对这间失去了自我防卫能力、完全暴露在目光之中的宿舍,母亲局促地坐在床边,像闯进了陌生人的房间,忆宁却很快找到了主人的感觉,死亡带来的悲伤已成了强弩之末,取而代之的是一种奇怪的期待和刺激:也许会有一笔现金,也许会发现父亲的私人信件,也许会从一两件多年前的衣物上闻到那只"小母猪"的骚味……忆宁下意识地悄悄嗅了嗅鼻子,一股干燥的灰尘味令忆宁狠狠地打了一个喷嚏。想不到父亲竟然是个相当细致和整洁的人,除了生活必需品,整个房间别无赘物,忆宁首先拉开抽屉,找到一个空信封,把工会减至二百元的抚恤金放到里面交给母亲,母亲就一直捏着那个信封呆呆地看着忆宁忙来忙去。

忆宁有条不紊地把所有的抽屉全都打开,并试图在所有的信封信纸中寻找一些只言片语,忆宁不厌其烦地把书架上的四排专业书一一打开并抖动,以期掉下一两张含义不明的纸条或发票,然而没有,尽管死亡如此突然,父亲的房间内的东西却如同一支随时准备接受公开检阅的部队那样整洁有序。这让忆宁在失望之余推断出父亲生前的谨慎和呆板,也许是两次的劳教生涯最终使得他成了一个拒绝秘密的人。忆宁的兴趣现在开始集中到物质上来,忆宁发现了一些零钱粮票布票之类,不过数目都很小,简直叫人失望。与之相比,父亲的衣服很多,像一个真正的城里人一样四季衣衫一应俱全,种类之杂完全超出了一个乡下孩子的想象力,冬天里很时新的男用毛线围脖竟然有黑、灰、蓝、白四种颜色,忆宁啧啧称奇地举起来给母亲看:"妈,你什么时候给爸爸织过这么多围脖呀?"母亲的脸上掠过一丝不满和尴尬:"你瞧瞧,他在外面就这样花里胡哨的!谁有耐心给他搞这玩意儿!"忆宁小心地拿在手上看了好一会儿,这一定是那只"小母猪"织的,用的全是上好的全毛线,针脚织得很紧,像装了松紧带一样弹性特别好。忆宁犹豫了一下,挑了最喜欢的一个白围脖悄悄地摆到一边,其余的和衣服一起装进一个大袋子,准备带到乡下等到"六七"时一起烧掉。床头的小柜子里有本影集,里面插满了父亲大学时代的黑白照片,那时候的父亲看上去英姿飒爽。忆宁把影集捧过去坐在母亲旁边,很奇怪,这些照片母亲竟然也是第一次看到。照片上的父亲宛在眼前,母亲在悲痛之余显然感到了一丝怨恨:"你爸爸呀,从来就没把我正经当自己人,你看,连这些照片都没有带回去给我看过……"

　　期待中的惊喜在琐碎整理的后期终于来临,在书橱下面,被书桌和凳子挡住的部分，有两个加了锁的小柜子，忆宁把抽屉里的一长串钥匙拿来一个一个地试，却没有一个打得开，忆宁有点儿激动：里面有什么？母亲也歪歪地站起来，走过来与忆宁一块儿试，还是不行。下面的工作显然是找钥匙，十二平方米的宿舍其实是不可能藏住什么东西的，母女二人很快在床上的席子下面发现了两把小钥匙。

左边的柜子里又是一个小小的箱子，没锁，打开一看，竟然是衣服，是一套内衣，雪白的，好像只穿过一两回。内衣下面是一条枕巾，看不出什么特别的奥妙。忆宁和母亲都有点儿失望。右边的柜子终于有内容了，有一套竖版的《金瓶梅》，一本繁体的《查太莱夫人的情人》，还有一个灰色的信封，打开信封，两张薄薄的纸头无声无息却又惊天动地呈现在忆宁面前：两张面额分别为一千二百元、两千元的存单。这真是超乎想象的收获，要知道，母亲那时一个月的工资才八十五元呀。母亲的脸色有点儿发红，并且抽抽咽咽地重新哭起来。忆宁把母亲扶到床边坐下，耐心地打了水来给母亲洗脸，一边说："妈，您就别伤心了，嫁给爸这十几年来，你想想看你为他吃了多少苦头，这钱也算是我爸对你的一种弥补了……"母亲果然絮絮叨叨地重新讲起这些年的不容易来。忆宁好脾气地一边做事一边听，一边悄悄地把右边柜子里两个三十二开的小本子夹在书中放到自己包里。忆宁早就注意到书里有两个小本子了，不知为何，忆宁忽然不想让母亲知道这两个小本子了。凭着直觉，忆宁想这一定是父亲的笔记或日记什么的。对忆宁来说，秘密就是财富，也许只有这个三十二开的小本子才是父亲整个宿舍里最名副其实的遗产。

二

忆宁最近把父亲的日记带到了单位。忆宁感觉她有必要平心静气地重读一下父亲的第二本日记。

父亲的两本日记曾经陪伴着忆宁度过漫长而羞怯的青春期。父亲的日记时间跨度虽然比较长，从他1970年结婚起一直到他1987年去世，十八年的时间，却只有两小本。父亲像个吝啬笔墨的书记官，在泥沙俱下的岁月中，对结婚大典、婴儿出生、亲人故去、"文化大革命"、"反击右倾翻案风"、毛主席去世、中共十一届三中全会、改革开放等人生大事和政治大事他只是蜻蜓点水般地一掠而过甚至只字不提，但对个人的情感生活，父亲又像一个不谙世事、风情万种的少年一样毫无节制地大书特书，对整个事情中所有的细节不厌其烦击节三叹。从某种意义上，父亲的日记是忆宁对性对情感的全部启蒙和引领。初恋、失恋，结婚、初夜，忆宁生活里的每一件大事似乎都可以从父亲的第一本日记中找到共鸣。

第二本日记，相对来说，忆宁看得就少多了，这第二本日记，从性质上来说，完全就是父亲偷情史的备忘录。在纯洁的是非分明的青春期，加之与母亲相依为命、同仇敌忾的生活背景，忆宁显然难以接受那样的内容。不过，到忆宁结婚的1997年，整个社会及人群在心态上对婚外恋已经见怪不怪，失去正常的判断力了，忠贞成了历史性的可笑名词，处处留情仿佛已是大势所趋。婚后三年，随着爱恋与激情的逐日淡薄以及对意外情感的若有所待，忆宁突然发现自己对父亲当年的那段桃色往事重新产生了兴趣。

当然，最终促使忆宁重新读一下父亲第二本日记的根本原因是崔波的那些信件。崔波是忆宁的一个熟人，相熟了很多年都忘了是怎么认识的了。反正大家差不多时候就分别谈恋爱了有房子了结婚了生孩子了，平常总是在电话里匆匆忙忙地聊上两句。崔波经常给忆宁所在的《电力报》副刊投稿，对于文字的兴趣使得忆宁与崔波比旁人多了一点话题，除此以外，是再平常不过的朋友关系。不过，最近，忆宁突然收到崔波的求爱信。不是一封，而是像葡萄一样一串串地接二连三地厚嘟嘟地堆到面前。在忆宁还来不及思考和回复的时候，那些信就令人不安地堆在忆宁的桌子一角，像一串真正的葡萄一样让人担心它们会因为长期暴露于空气之中而突然腐烂。

这意外的爱情让忆宁忽然有了一种饱食终日之后的惶惶不安。忆宁犹豫不决地看了几遍信，正常的思维和理智忽然不怀好意地失灵了。忆宁想起了崔波的样子、他写过的几篇随笔以及他电话里相当低沉的嗓音，不坏呀，如果真的怎么样的话。同时，忆宁还条件反射般地想到了父亲的第二本日记，这让忆宁在慌乱之余感到了一丝奇特的兴奋。父亲日记里的那种越轨之情难道会像宿命论所暗示的那样在女儿身上重新上演？混乱的激动之后，忆宁最终平静下来，理智像迷途的孩子重新回到熟悉的怀抱：纵然婚姻味同嚼蜡，纵然婚外情现在已成为人群中上演最频繁同时也是最肤浅的时髦剧，自己难道就有理由毫无主见地随波逐流？但这个从天而降的爱情有力地促使忆宁怀着说不清的情绪再次打开父亲的第二本日记。

1973年8月20日

没想到她竟然在还我的书中夹了一张纸条。这是小说中的情节吧。怪不得她临走时用那样充满含义的眼神盯着我。看看她都写了些什么吧：星期六晚上七点钟，玄武湖北大门见。天哪，是哪根神经的跳动促使这个姑娘做出这样出格的事！

我其实早就注意到她了。可爱而天真的姑娘，虽然她跟在我后面实习才两个月，可是我能明显感觉到她对我的好感，可是有什么用呢，好感对生活本身有实际意义吗？我小孩都快一岁了。我越发慈祥起来，我像个真正的老资格的技术员那样对她居高临下却又不失亲切地说起工作上的事。我平静地回应着她热情敏感的眼神，我坚定地直视她的眼睛，像在锻炼自己的意志和控制力一样不断强化我与她永远不可逾越的距离。

窗外有风轻轻地刮过。春天来了，这是多么寂寞的春天。我感到我需要爱情，就像花儿需要开放。可是我已经开过了，并且还结出了一枚果子：乡下我初生的女儿就快要满一岁了。

去还是不去？答案是不容置疑的。

傻姑娘你不会真的等我吧。你知道是不可能的，你别以为借了我几本外国小说就可以像书中所写的那样真的与我一起开始那有悖常情的浪漫幽会。

1973 年 8 月 23 日

快要七点了，我简直无法安静地坐在房中干任何一件事情。我焦急不安地盯着窗外，希望有天使能够突然降临，替我赶赴那不可能的约会。

　　黄昏如期而至，这是个少见的凉爽夏夜。我的姑娘，你不会像等待黑夜一样地等待我吧。我是个怯弱的人。瞧瞧我的这双脚吧，它们根本没有勇气跨出这间房子。

　　我知道你在等我，你的眼睛是什么颜色？算了吧，你快回去吧。即使你知道我真的很想飞奔过去紧紧地抱着你把头埋进你清凉的发丝。

巨大的理智充满着父亲的字里行间。好几年没有看这本日记了，陌生的语气让忆宁看得有些吃惊：显然父亲一开始并不是人们向来所认为的那样是个天生的"生活腐化"分子。不知为何，忆宁的情绪有点儿低落下来，甚至有点儿轻微的失望。忆宁看看崔波的那些信，信里面与爱有关的词语和句子就像破堤而出的春水一样肆意横流，与父亲相比，崔波对期望中的婚外恋似乎抱有一种轰轰烈烈、理直气壮的气势，这对忆宁来说，是应该觉得幸运还是不幸呢？算了算了，难道真的想要干什么？像父亲一开始那样，对外界激动人心的信号置之不理吧，像一个孤陋寡闻的贤妻良母那样远离偷情。

　　《电力报》本来要在今天校对的，但印刷厂临时来电话通知延迟了。忆宁决定提前回家。王刚昨天出差了，忆宁经常利用王刚出差的机会提前回家与母亲聊天解闷。凭着小学教师的耐心和谨慎,母亲最终在父亲厂里得到了仓库保管员的差事,半年前,母亲以一名保管员的身份光荣退休,从而进入了人生中最无所事事的阶段。还好,长期的独身生活使得母亲具备了较强的自我排遣能力,她很快为自己找到一个恰如其分的爱好:看小报小刊。母亲对报刊上的那些半黄半白的肉色社会新闻趣味盎然,经常会绘声绘色地说给忆宁听,比如《女记者卧底二奶村》《一个女人的悲情肉欲史》之类。母亲对一个女人与多个男人发生关系的这类社会新闻特别情有独钟,她像个记忆力非凡的学生那样对这类胡编乱造的花边故事过目不忘,并对其中某些关键的人物和细节了如指掌倒背如流。当然,母亲的立意并不是简单的好奇和无聊,母亲之所以那么认真地对待每一个情节曲折、内容离奇的偷情故事,最终目的是对其中的女主人公进行一针见血的批判。母亲经常会情绪激动地脱口而出地骂出一长串带有卫道色彩的词,诸如不守妇道、伤风败俗、天性淫荡、水性杨花、勾搭成奸、该遭天打雷劈之类。看着母亲真实的愤怒,忆宁怀疑她把对"小母猪"的痛恨之情全部转移到这些完全陌生的女人身上了,并在连篇累牍的咒骂中获得了心理的快慰。总的来说,忆宁还是很孝顺的,不仅在婚后坚持要与母亲住在一起,而且还会根据母亲的兴趣买来一摞一摞的街头书报,并对母亲的津津乐道及其后的长篇批判随声附和几句。

忆宁拔出钥匙进了客厅,想象中母亲惊喜的快步迎接却被一张震惊与慌乱的脸取而代之。忆宁装作不在意,一边解释提前回家的原因一边大步进门,同时眼睛锐利地在客厅四处搜寻。沙发平平整整,家具按部就班,除了VCD的一个红色信号灯表明了它在工作,窗帘一反常态地低垂着,电视却是关的。

母亲从厨房给忆宁拿来西瓜,同时恢复了她的平常一贯镇静和坚定的表情。忆宁有效地遏制了自己想要追根问底的冲动:不管母亲在干什么,如果她不说,女儿就应当装作不知道。忆宁对母亲说:"我买了两斤龙虾,您先搞头,我马上来刷尾巴。"

忆宁的故作平静似乎反而让母亲恼怒起来,母亲把手中的西瓜重重摆在桌子上,同时先发制人地对忆宁吼起来:"你看看你那样子,像没事儿人似的,真不像话,我还一直不知道,你居然在家里面放着十几盘那种碟子!要不是我今天收拾阁楼,还全蒙在鼓里呢!你怎么能看那种碟子!这哪里像我的女儿!怪不得我看你现在越来越不对劲了呢!"

忆宁的脸红起来,母亲怎么会发现阁楼上的那些黄碟子?那十几盘碟子还是结婚以前与王刚像做贼似的从小碟屋买来的,忆宁和王刚都是第一次看这种碟子,直看得两人眼睛都不敢对视，到最后索性把灯一关在黑暗中尝起禁果来。真正结了婚，性就成了家常便饭，加上又是与母亲同住，两人都没有兴趣也没有机会再看这些碟子了，没想到它们被塞到阁楼里最起码三年之久后，又被母亲像考古一样给发掘出来。

母亲审视的目光像苍蝇一样盯在脸上挥之不去。想到那些肉体横陈的画面，忆宁没办法再故作镇定了。不过，几乎就在同时，忆宁忽然发现了问题的破绽：母亲怎么知道它们是黄碟子呢？当年为了自欺欺人，忆宁和王刚可是一拿到碟子就把外面的封套给撕了，难道就凭碟片上的《春楼写真》或者《女人街》，母亲就会这般大发雷霆吗？忽然想到刚进家门时看到的VCD红色信号灯，忆宁心头一亮，终于找到了脱离尴尬的绿色通道了。忆宁意味深长地大胆看着母亲，同时因为快意而口不择言："是啊，我这么有伤风化的女儿哪儿配得上你这样圣洁的伟大母亲？你看你，为了批评我，自己还忍辱负重地也看了一遍黄碟子是吧，真是叫人感动呀，就像法官为了更好地断案而去尝试杀人一样……"

忆宁说完就昂着头摔门而出。这是婚后母女俩的第二次争吵，很巧，第一次也是这样，是因为一件无法向外人言说的小事。那时忆宁与王刚才结婚两个月，两个人都不想要孩子，因而避孕套就用得特别快，常常是快要上床了才想起来上次已经用完了。有一天，王刚下班，手里拿着个黑色的垃圾袋郑重地交给忆宁叫她收好。忆宁到房内打开一看,是两大盒避孕套,一数,足足一百二十个,忆宁忍住笑,把垃圾袋藏到衣橱一角。没想到母亲对王刚带回来的那个神秘黑袋子一直耿耿于怀,认为忆宁和王刚有什么事瞒着她,终于有一天,她爆发出来,对着忆宁又哭又喊,闹着要搬出去一个人住。害得忆宁只得肿头胀脸地向母亲原原本本从头道来。

——长年累月的孝心像一块放置太久的蛋糕,上面长出了一层淡绿的霉点,这霉点,带着窥视的阴影像蛇一样在脖后发凉。

忆宁很快地走在街上,试图通过快速地走动来摆脱脑中一连串不快的想法。忆宁想起父亲笔下的母亲,在父亲的日记里,他好像从来就没有喜欢过母亲。母亲本身的性格和命运也许就是个彻头彻尾的悲剧。

1970年1月22日

今天回家又见到她了,这是我继暑假之后与她的第四次见面,前后加起来说过的话不超过十句。而在三天之后我就将与之结婚。多么可笑的不敢令人置信的事!这个寒假过后,我,一名大学生,竟然就将成为一个丈夫。

她美吗?我无法判断,就像一个人对端到面前的菜失去了判断其咸淡的兴趣似的，咸了怎样，淡了又怎样，反正都是要吃下去的。不过听媒人说她是高中毕业，马上就要做小学教师了。这样也好，说不定总会有点共同语言吧。她对这桩婚事满意吗，而三天之后，我就会与她同床共枕了……

1970年1月29日

真是把我给忙坏了，又是回门又是拜礼。我一直没有时间写日记，不过我不得不记。古人云洞房花烛夜是人生一大喜事的，应该写一下的吧。

怎么说呢，可能万事开头难吧，冬天太冷，她又好像很不配合，开始了之后她也只是没有一声一息地躺在那里像是睡着了。是不是就应该这样呢？我想跟她多说点话再来一次，她却说："你父母在东屋哩，再说明天要一大早起来做甜汤呢。"她的嘴里有股我不喜欢的味道。我给她备了一套牙具的，难道她没看到？我的胃口一下子坏了。

…………

1970年8月12日

总是在这样热的暑天回老家。下半年就工作了，不过真好，我分的那个单位在南京是数一数二的大厂。我把消息告诉她听，她好像没什么表情，她没有意识到这将造成我们俩人长期的分居吗？

我问她，你会想我吗？她马上说，女人哪会想男人的！像在做一种清廉的表白，这可是我们俩人在说私房话呀。她的这种态度让我觉得很别扭。我不知道她是不是真的这样缺乏柔情。

天这么热了，她睡觉时还穿着那么多衣服，就是我们在一起，她也穿着圆领的的确良套衫，她的胸应该还算丰满，可是她总是不能让我尽兴抚摸，我一碰她的胸她就会表现出一种羞耻和忍耐的表情。真奇怪，她就那样把腿张得大大的迎接着我，难道她觉得下面可以随我所欲而上面反而是禁限之地？本来以为小别可以胜新婚，可是却让我觉得越来越扫兴。书上不是这样写的呀，女的应该也觉得舒服的，她为什么就那样裹着上衣无声无息地像睡着了一样？真叫人失望。

三

快到中午吃饭的时候，崔波到忆宁的办公室来了。崔波不是第一次来，同事们都习以为常地低头做事。接着不顾忆宁的眼色，同样习以为常地坐到忆宁对面，崔波说了几句闲话，然后就站起来："今天找你还真是有事请你帮忙的，怎么样，中午请你吃饭？走吧！"

忆宁只得跟了崔波出来。崔波胸有成竹地把忆宁带到一家简餐馆。坐定之后，两个人的表情才真实起来。忆宁做出思维简单心无城府的样子："怎么想起来写那些东西的？都认识这么多年了，你把我吓死了，有这样开玩笑的吗？"

"快别用这种语气说话。摘掉假面，承认心中的呼唤和欲望吧。忆宁，我们认识这么多年了，你真的没感觉到一点友情之外的东西吗？"

崔波的表情看上去非常真诚，仿佛发自肺腑，但这种恰到好处的表白不知为何反让忆宁听上去觉得很不对劲。一对认识了很久的男女突然这样实质性地谈到感情也许是太突兀了些，忆宁没吱声，不知说什么才合适。

"你应该看过渡边淳一的书吧。他有个很有名的情人理论：所有的男人、女人其实都应该在婚姻之外有一段相对稳定的情人关系。"崔波很有勇气地继续往下说。

"所有的理论你都要付之实现吗？"

崔波忽然有点儿黯然和疲倦的样子："算了，不要讨论了。忆宁，我心中真的很苦闷，工作、家庭、老婆、孩子，各种说不出的压力，我想要找个能让我完全释放的地方。我需要一个心智成熟、能与我对话和交流的异性。忆宁，我是鼓了很大勇气才写出那些信的。迈出了这步我就不想回头。我知道你不会让我失望的。也许衰老很快就要来临，别犹豫了，婚姻之外还有很多可能的对不对？承认吧，你也想要的，是吧？沉默就是最好的认定，是不是？"

崔波拉起忆宁放在桌上的手，他的这个动作是如此浑然天成，看上去简直是两只手同时拉到了一起。桌边的侍者像盲人一样视而不见地放下果盘，邻座的女人发出轻佻的笑声，临街的玻璃窗外走过匆匆的人群。没有人对这张餐桌上的一个动作感兴趣，所有的人都那么无动于衷地对待映入眼帘的事物。

忆宁的理智虽然足够使她认识到崔波对婚外恋的急功近利和形而上学，但忆宁从来就不是个煞风景的人。忆宁的手配合地停留在另一只手里，用一个轻轻的挠动做了似是而非的回答。就在这个短暂的瞬间，某种奇妙的失望却如洪水般漫过心间。

1973年9月20日

从她的表情我看不出真正的喜怒哀乐。她没有提到那天我的失约，我们平淡地相互注视着，好像心灵中从未发生过激烈的风暴。她当着她实习同学的面,大大方方地拿给我一本书,果然,跟我猜的一样:里面又有一张纸条。

"从明天起,每天晚上七点,玄武湖东大门,我都在等你,直到你来。"

纸条上的这句话让我紧张极了,这紧张显然还伴随着一种陌生的激动。是的,看来是没办法了,我得去了。我是被逼着去的。我不去那是要出事的。我真的是没办法才去的。好姑娘,我真怕我这一步走出去就回不来了呀!

1973年9月25日

她不准我叫她的名字,她让我喊她小兔子,我就傻乎乎,就真的叫她小兔子。我跟小兔子到现在连手都没有碰过,我们就像两个刚刚认识的人那样没完没了地问对方各种各样的问题,像要在最短的时间里把对方了解个透。到目前为止,我们都还没有谈到过未来。小兔子无忧无虑的样子让我开不了口,只要我能够在她的身边,听她谈话,看她在房间里走动,她好像就心满意足别无所求。至于将来的发展,看上去她好像压根儿没有想到这个致命的问题。再说我也是不配与她谈到这个问题的——或者是不敢。

1973年10月30日

这就是爱情的滋味吗？真的要把我醉倒了。一天不见她我就要寂寞死了，跟别的人说话都没有意义。我做着每一样事情都会想到小兔子，刚才我在房间里扫地，看到地上有小兔子的头发，我高兴极了，如获至宝地捡起来，夹到我最喜欢的书里去。小兔子，将来谁会娶你呢？那个人是谁？那个人有这么好的福气一定活不长吧？哦，我也应该活不长吧，竟然跟你相亲相爱得这样疯狂！小兔子，我就怕好景不长，我总是提心吊胆，好像灾难随时都会降临。

1973年11月2日

昨天，在我们从来没有去过的一片小树林里，我吻了小兔子，也不知道谁是主动的了，反正我们是吸在一起了。终于尝到在小说里看过多次的吻了，比书里面描写的还要美妙一万倍。啊！在这之前，我什么时候吻过呀，老家的那个人，只会扭过头去躲避，而且她的嘴中有那种不洁的味道，叫我如何去吻？这世上，我只能吻小兔子了，我一辈子只会吻她一个人。昨天的那片林子真好，基本上看不到人，我们在草地上说了多少话呀！她的头发散了，我用手做梳子帮她梳起来，我可爱的姑娘竟然激动得吻起我的手指。我抑制住我巨大的冲动，我真想死在她的唇上，死在她的手心，死在她的怀里，死在她的身上……啊，不能，小心啊，我不能害了我心爱的姑娘，记好，一定要记住，我比她大九岁呢，我都结婚了呢，我都有小孩了呢。

1974年1月7日

小兔子叫我春节不要回去。我黯然地说："我是有家有小的人，过大年的怎么能不回去？"这是我们第一次谈到我已经结婚的这个事实。

小兔子抬起头拿一双眼睛看着我："那你在走之前答应我一件事。"

四

忆宁的生活一向是极有规律的，早出晚归，两点一线。崔波为此很是动了一番脑筋。他终于在忆宁单位附近找到一个不起眼但看上去比较干净的旅馆。崔波在电话里像特工一样闪闪烁烁地对忆宁说:"大福街往里走第二条巷子往右拐,仙客来旅馆。中午十一点半,你直接到205来,不用敲门。"

办公室里像往常一样,除了纸张的翻动没有任何其他的声音,一次计划中的偷情就这样通过纤细的电话线布置下来。忆宁觉得戏谑和好笑,崔波的那些信及全部的表白大概就是为了在205房间中可能发生的一切吧。忆宁倍感无聊地轻轻地笑了一笑,同时像一个专注的情人那样准确地记住了联络地点及方式。

该来的就来吧。没有人真的会在意这些事情。甚至连王刚都不会在意吧?王刚是一家电缆厂的地区经理,数不清的应酬使得他长年保持着一种头重脚轻的半醉状态,忆宁与他谈话的主要内容就是明天晚上是否回来吃饭、今天晚上少喝点酒或者类似的细枝末节。早出晚归的潦草生活使得夫妻早已失去了互相欣赏的兴趣和时间,长谈、亲吻、拥抱、爱抚等都是可笑的不可想象的举动吧?看看现在夫妻间都平淡到什么程度了,昨天看电视时,忆宁的腿无意中搁到王刚的腿上,后者马上毫不掩饰地用双手推开。——对方在各自的眼里已失去了起码的吸引力。性生活中可怕的重复、令人厌倦的模式、知根知底的开始和接踵而至的结尾……好吧,如果非要有点儿什么意外,为什么不顺水推舟呢?精神既然已经没人能够顾及，肉体的忠贞又有什么特别的意义？就与崔波牵强附会一次吧，就当是真的有爱情在婚外翩然降临吧。也许这种随兴所至的偶然倒会真的带来一点生活的汁水和风味。

1974年1月13日

小兔子要在我宿舍里过夜！——这就是她一定要我答应的事。

我们第一次吵起来，我激动得无法说清楚我的意思。我不想把我的爱降级到占有的地步。虽然我渴望那样做，但那样做了我会一辈子永无宁日的！我流着眼泪恳求小兔子，成全我的良心，成全我的爱吧。别让我们的爱背上世俗的负疚的阴影！可是可怜的小兔子比我哭得还凶，她泣不成声地死命往我怀里钻，她说她不要未来不要婚姻，就要跟我融成一个人，哪怕变成泥土变成水变成沙子变成灰……

最后我们都有点筋疲力尽了，我想我真了不起，我最终战胜了小兔子，战胜了我自己。这是我最伟大的一天。

1974年1月15日

没想到，我还是输在小兔子手下，可怜的姑娘，你为什么一定要赢呢?

　　一来,小兔子就说她胃疼,我可是真急坏了,她昏乎乎地倒在我的床上,她要喝水,我倒水给她,她嫌太苦,请我去帮她买点红糖。我急急忙忙冲到服务部,称了半斤糖。没想到回来后,小兔子又喊身子冷,她口齿不清地求我抱抱她,用身体焐焐她,我隔着被子抱紧她,我心疼得泪都要流出来了。突然我发现不对,小兔子身上的被子滑下来了,不知什么时候换上了一套白色内衣像树叶一样地贴到我身上。小兔子狠狠地吸起我的舌头,同时脱起我的衣服,小兔子,你这是把我放在火上烤呀,我受不了啦,让我下地狱吧。我比小兔子还要凶狠地亲起她的嘴,她的肩,她的胸脯,她的肚子,她的……

　　我知道我前面的二十九年生命全是虚度。我知道我最后将死于非命。我得到了太多,我已没有理智,我被爱与欲彻底征服。

　　小兔子是第一次,她其实紧张极了,她用一条粉红色的小手绢蒙住眼睛,整齐的小牙齿紧紧咬住下唇……

　　我把小兔子的一套白色的睡衣留了下来,这睡衣的质地大概是棉布之类,摸上去轻轻软软的。还有枕巾，上面粘着小兔子的几根头发。我从此不会再用这条枕巾，这就是我对她初夜的纪念，笨拙了点儿吧。要是气味也能装在瓶子里收藏那该多好，小兔子身上的那股味道多么好闻哪。每次一闻到她的体香，我就禁不住心醉神迷。我想我现在真的已经变成个坏人了。我不知道周围的人是否注意到我的异常，别的事情现在我一点都不感兴趣，我就盼望着天黑，我就盼望着抱住小兔子闻她身上的香味，我就盼望着在小兔子身上飞向天堂。没有几天了，还有五天就是大年二十八，那是我回老家的最后期限。

....

1974年2月20日

我经常会想起这次春节在乡下待的十天时间，十天，尽我最大的努力，我与她一共才在一起两次——有了与小兔子在一起的记忆，她好像让我更加不可忍受了。老家的人一到冬天就很少洗澡，她自然也是这样，头好像也很长时间没洗，散发出一股陈旧的油哈气，叫人情绪低落。我在老家长到十八岁，以前怎么没意识到这种习惯的可怕？我想她其实还是很好的，很能干，也会做人，周围的邻居都说她很好。可为什么我连抱她的冲动也没有？她好像比我还麻木，滚在被窝一角也不说话。我在黑暗中靠着回忆小兔子的体香而勉强入睡。我知道我已经彻头彻尾变成一个坏分子了，我对不起睡在我身边的这个女人——这是我从未想象过的罪恶，这罪恶披露之日就是我的终结之时。

五

205房间的光线昏暗不明。崔波只打开了门灯及两只脚灯。忆宁走进去，崔波马上关紧门。空气里充满着显而易见的紧张而暧昧的味道。崔波转过身，像溺水的人那样极度渴望地抱住忆宁，并呢喃着发出低沉的呼唤。崔波的唇很烫，好像真的被某种激情点燃了似的。穿过崔波的肩头，忆宁看到床头放着的一束鲜红的玫瑰，在昏暗的光线中散发出迷人的气息。多么恰如其分令人沉湎的气氛啊！这屋里，除了没有爱，别的都齐了。忆宁觉得她近三十年的理智和修养在这时已飞身而去，只剩下空虚的躯体在按照合理的情节和细节循序渐进地迈入约定俗成的轨道。

从事情的发展上来看，开始的第一次是具有性质之分的，在第一次之前，事情还是白的，第一次之后，就变色了。而有了第一次，再往下走到第二次、第三次就没有什么质上的区分了，最多只是循序渐进的量变而已。午间的旅馆约会很快成了生活中极有规律的点缀。忆宁承认自己对这样的生活已经习以为常。崔波是个好的伙伴，智慧、诙谐，有突如其来的激情，忆宁和他在一起，同样获得了某种心灵上的放松，甚至因此而对婚姻本身增加了一点宽容和好感。生活像漏进了一线阳光的小屋，笑容和轻松会时不时地浮现在忆宁的脸上。

不知是因为日记还是因为荷尔蒙，忆宁这段时间会经常想到父亲和小兔子。在心里的某一个角落，忆宁似乎一直拿父亲在做参照物，并下意识地从遗传学的角度审度自己是否真的一路秉承了父亲的灵肉特质，忆宁常常会在崔波的身下开小差，想到若干年前的父亲与小兔子，是否一样的大汗淋漓、气喘吁吁，并在紧张、羞愧、感恩、激动的复杂心情中迎接高潮的到来。这种荒诞的联想有效地夸大了忆宁的感觉，忆宁像受了强有力的催眠一样地对崔波柔情似水，俯仰迎承。无数个中午，忆宁都在迷迷糊糊中觉得自己跨越了少年时期对父亲的那种单纯的怨恨，相反，她觉得自己现在已与父亲处在同一个看不见的战壕，她正在不顾一切地用行动试着为父亲诠释并"平反"。看哪，多么奇妙的感觉呀，那么多年的恨和屈辱不在了，竞技性的快感充满心田，父亲，我们谁更有破坏力呀？谁更有创造性呀？谁更能够战胜虚无赢得永恒呀？

忆宁对王刚的隐瞒简直是不需要花费什么心思和手段的，因为两个人真正面对的时间本来就少得可怜，王刚也没有关注忆宁白天生活的习惯，王刚甚至觉察不到忆宁变得愉快和宽容起来了的状态。面对一个粗枝大叶的丈夫，缺点和优点好像都是显而易见的，这让忆宁有了一个足以自豪的事实：她从来没有对王刚撒过谎。

唯一需要提防的倒是母亲。自从上次的黄碟事件之后，母亲因为恼怒和激愤而对忆宁产生了一种若有若无的敌对态度，母亲对忆宁私生活的关注好像再一次上升到一个新的高度。而这种关注已超过了正常的母女关系。这使得忆宁现在越来越不习惯与母亲对视了，无法掩饰的隔阂和疏远在最近变得更加明显起来。

忆宁怀疑母亲是否发现了自己的什么蛛丝马迹。母亲老是会用一种探究和观察的目光看着忆宁，对忆宁的每一套衣服，母亲都会饶有兴致地评头论足，并且追根刨底地询问忆宁关于这套衣服的购买地点、价格等细节，好像在检验一下忆宁是否在一个男性的陪同下购物；当忆宁穿上一套得体的套装光彩照人地准备上班时，母亲会在一旁意味深长地无声微笑,她总会言外有意地说:"忆宁,你最近越来越漂亮了。""忆宁,你上班化这么精致的妆干什么?"尤其是下班回来,母亲不再像以往那样简单地问候一声然后就去厨房给忆宁搞吃的,相反,母亲会更近地走到忆宁身边,多此一举地帮忆宁拈去肩上的头发,同时嗅嗅忆宁的头发:"你要洗头了,一股子什么味儿?怪得很。"最要命的是母亲还会不经意地翻看忆宁的包、通讯录及手机等。母亲总会一边唠叨一边极自然地查点忆宁的东西:"唉,一天闷在家里,就像个孩子似的,老盼着你回来带点什么新鲜玩意儿呢。手机又换壳子啦?咦,这个号码是谁呀,怎么会老打你的手机呢,这多浪费钱呀……"以忆宁的智力和想象力,随便怎样的问话总会勉强支吾过去,但可厌的是相似的场面和问答还会一次一次地重演。最荒唐的是有一次,母亲竟然观察起了忆宁的内衣,母亲带着一种重大发现般的兴奋和成就感冲着忆宁问:"哎,真奇怪,忆宁,我记得你早上出去穿的是带肩带的胸罩的,怎么现在成了没带子的了?忆宁,怎么回事儿?好好的上班,这内衣怎么会少两根带子的呢?"忆宁想起来中午时分崔波鲁莽的那一拉,从而导致吊带的断裂,忆宁只得将计就计,把另外一根吊带也拆掉了。没想到这么小的变化竟然也未能逃过母亲明察秋毫的法眼,忆宁心中有点儿异样起来,从这一刻起,她不再把母亲前一阵子种种言行视为更年期的反常表现了,不是,现在母亲成了她明处的敌人了。忆宁慢条斯理地回答说:"中午我到商场试裙子来着,两根带子露出来不太方便就拿掉了,怎么,你觉得这有什么奇怪吗?"

六

冬天来了,忆宁围起了父亲的那条奶白色的围脖。从式样上看,这个围脖是太过时了,不过忆宁的脖子很长,加上她一贯得体的穿着,没有人认为她是因为对父亲的回忆而围上这条怪怪的围脖的。办公室的同事甚至认为这条围脖要比丝巾更有魅力,尤其是配上忆宁那件草绿色的薄棉袄,有股说不出的清新之感。母亲显然也注意到这条围脖了,她明智地没有开口作任何评价。

父亲的围脖就这样紧贴着忆宁的脖子复活了,带着遥远的气息和体温。这个围脖使得忆宁在一整个冬天都分外伤感和多疑。崔波是最早发现忆宁的这种情绪的,崔波把这归结于忆宁道德感的回归,因而更加殷勤和卖力起来,无数个中午,在那间熟悉得像家一样的旅馆客房,忆宁从高潮中一再流下热泪,直至泣不成声。忆宁想,我要是像父亲爱着小兔子那样爱着崔波就好了,那这所发生的一切看上去还比较恰如其分和表里如一。最悲哀的是忆宁发觉自己失去爱的能力了。

崔波也差不多,他对忆宁小女儿态般地讨论爱情反应冷淡,崔波的挡箭牌是:爱情不需要语言。完了,这是人类的共同退化:大家都不会爱了。只会做爱。

1975年的秋季,父亲的日记突然出现了一年半的空白,大概是被搞"进去"了吧。空白之后,父亲对小兔子的深情竟然还是一如既往。

1976年3月12日

又呼吸到自由的空气了。领导新分配的工作是在九车间搞车模,这是最基层的活儿,我穿着肮脏的沾满铁屑的深蓝色工作服,像一粒灰尘一样散落在人群中。他们对我的态度还算好吧,但可以看出所有人的自然都是故意装出来的,没有人真正理解我心中的痛苦。也许他们认为我这样的人连痛苦都不配有吧。事实上,我也不愿意跟他们多说一句话,我无法忘记一年半前那耻辱的一幕:他们那样凶猛莽断地砸开我的宿舍门,脸上带着六亲不认的兴奋和愤怒,把我和小兔子从床上揪出来,幸而那天我们还穿着衣服呢,可是看到小兔子被他们拎起来的那个动作,我的心就像玻璃一样啪地碎了,冲着我来吧,放过她吧……

小兔子现在在哪里呢？没有人会主动告诉我，我也不可能问任何人。四千号人的厂子，我们偶然相遇的机会有多少？不过我自有我的办法，我会想方设法在水房、食堂、小卖部、录像厅、储蓄所这些公共场所多待一会儿时间，我想上天会给我一个与她再见面的机会吧，我实在无法忘掉她。我想她一定也一样，我们那天连话都没有说到一句就那么在众人谴责嘲笑的眼光中互相看不见了……

1976年3月17日

才上班一个星期，厂里先让我回老家探亲，是的，厂里这样的安排是最正确的。应该回去了，家中的她大概要被仇恨和委屈给淹没了吧。……可是小兔子怎么办，我怎么才能再见到她？

1976年3月28日

真是奇怪，乡下女人竟然这么善于忍耐。她竟然什么也没对我说，这反而让我感到更别扭。天黑了，我们进了自己的房，她默默地铺开被子，然后一声不响地钻到被窝里去。我于是也上床了，我吃惊地发现她竟然只穿了一条内裤。她觉察到我的惊讶，很快把头埋进被子里。可怜的女人，多年的空房独守终于使她的性意识开始觉醒了吧，我心中这才真正开始内疚起来，然而真不幸，这个晚上我怎么都不行。劳教以来的一年多时间，我还是第一次碰女人呢，为什么就是不行。她没有再让我试，她无声地哭起来，她说："你还在想着她！"

…………

1976年4月12日

好了，又回到南京了，都一个月过去了，我还是没有能够见到她。她知道我回家探亲吗？她会不会因为这个而生气呢？也许她就在某个角落，噘起嘴唇故意避开所有可能遇见我的机会，也许她离我只有几百米远，可是我们中间隔着那么多人、那么多房子、那么长的路，我怎么样才能看到她，与她说句话呢？——任何别的人都看不见我们。

1976年4月14日

我就知道我的小兔子是世界上最聪明勇敢的姑娘。今天中午，我收到落款为中医院的一封信，奇怪，我在中医院不认识人哪，可是一看上面的字，我就知道是怎么回事了。好姑娘，你真聪明，我简直是世上最笨却又最幸福的人。好的，就按你说的办，后天晚上九点，我拿着这张电影票坐到建邺电影院里去。在电影开场之前的微弱光线中，在一年零七个月之后，我们将再次见到对方。我感到我的身体像快要烧起来似的。

七

从前天起，忆宁就总是感觉到后面有个人在跟着她。这种感觉当然是极其荒谬的，大白天的会有什么人跟着自己呢？忆宁开始怀疑自己是不是太过敏了，母亲还不至于这样吧。然而这种感觉却越来越强烈了，到最后忆宁几乎一走上街头，就会神经质地不断回头张望。

今天忆宁又戴起了父亲的那条奶白色围脖。忆宁走在北京西路的树荫下，这是她每天下班都要经过的一条林荫道，树隙间跳跃的阳光使得她的脸上呈现出透明的色泽。忆宁不紧不慢地走了一段路，终于停下来，等后面的那个女人走到身边。

"你找我有事？"虽然只在十三年前见过她一面，但忆宁还是一下子就认出她来了。小兔子好像还是那样，从追悼会到现在，这么多年都过去了，时间在她这里打了个盹儿，她看上去还是那么饶有风致，举手投足间有股说不清的魅力。她看着忆宁，眼里带着陌生人间初次见面的那种客气和研究的神态。也许她没认出忆宁来，当年的忆宁，瘦小黝黑，衣服土里土气，浑身散发着乡下孩子的粗拙和胆怯。

果然，小兔子有点儿吃不准似的开口了："呃，没什么，我只是想问一下，你脖子里的那条围脖，挺特别的，很像……你能告诉我你从哪儿买的吗？"

"我爸爸的遗物。"忆宁根本没有转弯抹角的心情。

"……看来我真的没看错，我一看见就认出来了。这么说你……应该是忆宁了。忆宁，你好，我是……"

"我们见过面。你可能忘了，不过我记得。你是爸爸的'小兔子'吧？"

小兔子苍白的脸短暂地红了一下，随后散发出更深的悲哀来。"我前天就碰到你一次，但又觉得不太像。想不到你真是他女儿，你像母亲吧？……你，你和母亲还好吧？"

与她相比，母亲老得多么可怕呀！看看她那种悲痛和隐忍的表情，好像她才是真正的受害者似的！陈旧的伤痛慢慢清晰起来，忆宁的语气听上去带着嘲讽："找我就是为了问这个？"

"不是不是，来，我们坐到路边上聊聊吧。"小兔子带着忆宁坐到路边的木凳上。"……我跟你爸,想起来已经过去好多年了,当时是真不知天高地厚啊,爱上了就怎么也停不下来。你不知道你爸多有魅力,我这辈子再也没有遇到他那种气质的男人,会拉小提琴,会烧一手好菜,还会帮我梳头呢……不说了,你别那样看着我,这些话我还从来没对别人说过呢……是不是觉得我太过分了?是的,对你和你母亲来说,我一直是太过分了。可是,忆宁,我还是要继续过分地求你两件事,要不行就算了,但我一定要说出来,可能这也是我这辈子最后求别人的事了。第一,是这围脖,你要是不喜欢了,能不能送给我,这是我认识他的第二年冬天给他织的,我一共织了四条,随便哪一条,你送一条给我吧。这样,好歹还有个东西在呢,你不知道,他当时围上这条白色的看上去多精神多干净哪……第二,那年你们在收拾他的房间时,有没有发现日记笔记什么的?我听他说过他一直写日记的。不过他从来没给我看过,他说他在日记里还写到我们俩的事哩,你看过没有?我一直想看看的,能不能让我看一下?你不会把它送给我的吧?其实放在我这儿也不错的……呃,就是这两个想法。别的没有了。"

多么贪心的女人哪,简直像被爱烧坏了脑子。小兔子急急忙忙像快要忘了台词的演员那样颠三倒四地一口气说完,然后厚颜无耻地盯着忆宁等她表态。忆宁被她看得紧张起来,于是别过脸去看路上的行人。过了一会儿，忆宁才想出一句恰当的话："你这么隆重地要保存我爸的东西，不怕你家里人说你？"

"哪有什么家里人，现在我一个人过。你应该知道，你爸第一次出来后，我们又好上了，那时我们就像是疯了，什么都不顾，在一起多一秒钟都是好的，哪怕下一秒就死去。一年不到，又被别的人揭发出来了，于是你爸又进去了一次。第二次出来，他主动要求调到外地的分厂去。我们后来就再也没见过面。像我这样本来是嫁不掉人的，谁都知道我的故事，只有一个人忍着所有人的嘲笑肯向我求婚，我就与他结了。后来才知道，你爸的两次劳动教养都是由于他的英明揭发。他其实是非常喜欢我的，但心里终归不平衡，一没事就要查问我与你爸的交往细节，不讲的话他会暴跳如雷说我还惦记着你爸，讲的话他又万般妒忌，然后对我百般羞辱。不久，你爸又回到南京厂本部，我丈夫这下更紧张了，整天疑神疑鬼，一会儿对我凶神恶煞，一会儿对我痛哭流涕。其实他永远不会理解我与你爸的那份感情……对我们来说，在一起生活是不可能的了，但只要还能在一个城市里共同呼吸着，就已是无上的幸运的了……不过我觉得你爸第二次出来发生了比较大的变化，人比较平静，对我的热情不再毫不掩饰的呼应，并且从来不肯答应与我见面，每一次通电话，也都是我打过去找他，在电话中我从来听不出他真实的想法，也许他是希望我安安稳稳过日子吧。可是这种充满怀疑和隔阂的日子过下去又有什么意思呢？……直到你爸突然去世，我说我要去参加追悼会，我丈夫这下子彻底不干了，他说你去去看，你只要跨出这门一步我们就离婚！……离就离吧，离婚算什么，婚姻对我从来就没有一点意义……但我一定要去看看你爸爸，我们前后有十年没有见过面呢，这最后一面我不能不见，哪怕全世界的人都来指责我嘲笑我，我也会拼死去见见你爸爸的。对你爸的死，我相信这世上没人比我更绝望：我们不在一个天空下了……"小兔子说不下去了，头微微地低下去，不让忆宁看到她的眼睛。

忆宁的手机忽然响了，忆宁看了看号码，是崔波的。忆宁决定当着小兔子的面听电话，明天崔波要出差，原定的约会取消了。忆宁关掉电话："你猜刚才我在跟谁通电话？他是我丈夫之外的另一个男人，我们明天中午的幽会推迟了。"

"为什么对我说这个？"

"不知道，不见得非要有什么理由吧。你瞧瞧，这事儿搁现在，找人管也没人爱烦这事儿呢。你们也真是生不逢时，那个时代，谈什么爱呀，害人害己，你看我爸爸这下半辈子过得，还有我妈……算了，现在说再多也是白说，受都受过了，死都死掉了。"忆宁奇怪地油嘴滑舌起来。好像只有这样才能更好地掩饰自己的真实想法。

"那么你们……是原谅我了。那两件事……怎么样?"

"原谅?我不知道,就像我不知道真正的爱情那样。那两件事么……先说坏消息,日记不行,好歹也算是我爸留给我的遗产吧,你不太适合拿的。再说,里面还有我爸新婚时写我妈的内容呢,你看了会妒忌死的。围脖嘛,还给你算了,手艺不错,可惜世上就剩这一条了,别的都给烧了。"

忆宁的脖子忽然空出了一大截,冬天的风就那么毫无遮挡地亲吻上来。

八

小兔子的出现忽然让忆宁失去了继续阅读父亲日记的兴趣。再说忆宁现在要集中全部的力量来对付母亲。

那天晚上,还是从围脖起的事。母亲当着王刚的面用她一贯沉着有力的腔调问忆宁:"你脖子里的白围脖呢,这可是你父亲的东西呀,你白天干什么了,怎么会把围脖都搞丢了呢?"

王刚也从报纸中抬起头来,不过从他的神色来看,他更多的是被母亲的语气所吸引,而没有真正意识到围脖消失的这个事实。也许他从来就没有意识到忆宁脖子里竟然有条不合时宜的白围脖吧。

忆宁对王刚的在场一点儿都不胆怯,再说,今天中午本来就没什么事。但忆宁还是沉吟起来,考虑着要不要把小兔子的索取如实告诉母亲,还是临时编一个理由先糊弄过去。

母亲继续不依不饶地哼哼起来:"要想这么长时间,别又是瞎编什么事来骗咱们吧。"母亲把王刚拉到"咱们"里了。

忆宁看到母亲在灯下闪烁发光的白发,那个小兔子的头发怎么还漆黑如夜呢?不知为何忆宁心中掠过一丝悲悯,斗志陡地矮了下去。"在商场试衣服时弄丢了。"忆宁漫不经心地说。

"哈!又是试衣服,你也不费心编个像样点的理由!"母亲尖促地笑了一声,表示她的怀疑,同时口下留情地点到即止。

王刚表情淡漠地看看她们两个人,低下头去继续看他永远看不完的股票。

是应该跟母亲好好聊聊了。忆宁下午特地请了假提前回家。看母亲这个趋势,是迟早要把事掀出来给王刚看。这就大大背离忆宁的初衷了,忆宁从来没想伤害过王刚,当然,忆宁现在恐怕也伤害不了王刚了,两个没有爱的人就像是没了刺的玫瑰,已无法使对方疼痛了。但如果母亲这样锲而不舍地在中间跳来跳去，就难保王刚不会采取一些过激行动了。不行，忆宁可从来没想过让婚姻出现什么变故。一定要找母亲谈谈，就不相信母亲对婚外恋的憎恨会超过二十八年的母女情分。

临近家门，忆宁忽然想起上次提前回家的经历，头脑中的另一根神经突然醒了一样，就不敲门，看看你又在干什么，就当我是在报复好了。

母亲抱着一本厚厚的电话号码本在查电话，像在找地址，不知又在玩什么花样。看见忆宁回来动也不动，母亲摘下老花镜冷淡地看着忆宁："这么早回来，怎么不打个电话？也不喊我开门，搞什么名堂？"

忆宁坐到沙发上，尽量靠母亲近一点："妈，我们好好聊聊吧。"

"聊什么，根本没有共同语言。你们两个好呀，一个炒股，一个约会，谁理会我呀？我是一辈子规规矩矩，从没给自己找点乐子。你想想，我与你父亲从一结婚就分居两地，整整挨了十六年，你爸死了也一样，还是一个人，一直把你养到结婚，回过头来看看，我过的都是什么日子！一辈子就是在守寡，我尝过好滋味没有，我干过什么出格的事没有？真没想到，生出个女儿倒会这样不要脸皮，做母亲的明里暗里地一再点拨，女儿到最后倒恨老娘了！好在我也老了，没几天活的了,可以少看见你的这些恶心事儿了。"

"火气这么大干什么,我还一句话没说呢,你看你昨天晚上那样儿,成心要我好看似的,你好好说说看,就当我是在外面有点小故事吧,我也没错呀,这又不会改变什么。你看王刚跟我一个月都说不到十句话!就这种婚姻质量,大家心里有数,要没婚外恋点缀点缀,早破了。你瞎掺和什么呢,非要让大家脸上下不来你才高兴!"

"你看看你的逻辑,简直跟你爸一个样,王刚跟你话不多你就可以在外面跟别人乱来啦?那别人的老婆怎么办?你想想看,那个人的老婆跟我当时可是一个角色!我一想到我的女儿竟然也成了个狐狸精,与结了婚的男人乱来,我心中就特别地堵特别地不自在,忆宁,你真的不能再这样下去了,你害人家老婆呀!到最后,让人家就跟我似的,守活寡,然后说老就老了……总之,你答应我,从今天起把那事给断了,让别人家夫妻像个夫妻,你自己家夫妻也像个夫妻,你能不能答应我?"

母亲义正词严的一通话让忆宁一时还找不到话来反驳。忆宁怔怔地看着她,母亲笔直地坐在沙发上,像正义和忠贞的化身似的。

"再说吧,妈,你还是没搞懂我的意思。反正我跟王刚谁也不在乎谁的。要是他在外面养小蜜我保证不来气,只怕他还没那个能耐呢！我的这事呢，你也不要把你的想法强加于我，该怎么做，我心里有数。你不明白一个道理，对我来说，婚外恋绝对是使婚姻更加稳定的润滑剂，你不要好心办坏事。最后告诉你一个秘密——除了自己，我谁都不爱。"

谈话就那样不了了之。忆宁感到母亲与她在意识和想法上相距甚远。她不可能赢得母亲的认同。母亲是一辈子没有爱过的人，她也许永远无法想象父亲与小兔子之间的情感，就像她无法平静对待忆宁与崔波的关系一样。这么多年过去了，这世上，不再像母亲认为的那样，有绝对的错误和绝对的正确。

九

王刚给忆宁打了个电话，除非有什么急事，否则王刚从来不在上班时打忆宁的电话，王刚的理论是，天天在一张床上见面还打什么电话呀，矫情！

但今天他打了。忆宁于是态度也很郑重。

"我晚上去郑州，那儿有个办事处，有一阵子不回来。跟你说一声。"

"怎么没听你说呀，这么急的。"

"你妈把你的事告诉我了。"

"……"忆宁抽一口气,手心不由自主地就出了一层汗,"我的什么事?"

"好了,别绕了。忆宁,其实我早就发现了,只不过不大愿意去想。要知道你本来不是一个复杂的人。你的状态和心事别人其实很容易看出来的。我或许还在你妈之前就有数了呢。你知道吗?你说的梦话太清楚啦,梦里都在接崔波的电话。"

"你要怎么样?"

"没怎么样,别搞得像港台剧的台词似的。我觉得回家跟你谈这事不太方便,还是打个电话算了。从丈母娘嘴里听说这样的坏消息,自然是不太愉快的。你完全可以跟我开诚布公嘛,大家都成熟得很的,又不会像小年轻那样闹着离婚什么的。不过有一点我倒觉得不错,以后我可以堂而皇之地对你说:我累了,我不想陪你上床了,你另找别人吧。"

"下流!"忆宁啪地挂了电话。

忆宁气得满脸通红,想也不想就冲下楼找到一个磁卡电话往家里挂电话。密封的袋子被提前撕破了,危险和不安像毒气一样地散发出来。

"好了好了,这下你开心了,终于让我不得安宁了!再告诉你一个好消息吧,王刚现在连家都不回了,他到郑州长驻了。世上哪有你这样的好母亲啊!"

"忆宁,你嚷什么,你就这样对待一个含辛茹苦的母亲!

告诉你,多少像我这样的母亲都丢下儿女重新嫁人去过好日子了,当年你爸分在南京就有人上门劝我离婚的!我就是太死心眼儿,我就是太舍不得你才会一直苦守着你把你带大。好了,这样的母亲倒成了你的仇人了!陈忆宁,你别以为我拆散了你的美满露水缘,你还不知道你那露水缘到底是怎么回事吧,让我来告诉你!我今天可找到崔波家了,找了好几天了,终于见到他爱人了……"

"妈,你别是疯了吧,还到别人家里面去瞎说八道了!"

"不是我疯了,是你们疯了。你猜崔波他爱人对我说什么来着?"

"我怎么知道,别人没把你轰走算是客气的了。"

"真是没想到呀,忆宁,我都替你不值,她竟然会那么说。她笑容满面地看着我,让我喝口水,她慢声慢调像唱歌一样地说:"'大妈,这事还确实不能怪你家女儿,我家崔波呢,我是不想管,你不知道,我家崔波这是在报复我呢。他说这叫'以其人之道,还治其人之身'。现在我们俩是旗鼓相当了。你倒要劝劝你女儿,别太当真,要是我这边在外头断了,崔波他一准也与你女儿掰。'好了,宝贝女儿,你现在听清了吧,你还起劲得跟什么似的,人崔波是在跟老婆赌气呢,没你什么事儿,最多拿你当枚子儿在跟老婆下战棋呢……"

忆宁把电话狠狠地砸向亭子,高质量的硬管话筒线却以同样的力量迅速弹到忆宁的胳膊上,一阵钻心的疼痛忽然像黑暗一样兜头压下来。忆宁好像又回到了摆着父亲的那间太平间,十三年前的泪水如暴雨突至,忆宁像孩子一样放声大哭起来:爸爸,我想你。

《人民文学》2002 年第 3 期

名家点评

在"恶"的意义上,鲁敏把人是看到骨子里了:再也没有隐秘,再也没有隐痛。在这部小说里,婚外情就如同社会查贪官,不查则已,查谁谁有问题。崔波、忆宁、王刚、崔波太太都是如此,甚至母亲也在偷偷地看黄碟。一个情欲泛滥的时代、一个身体空前解放的时代,就这样在鲁敏的笔下被残酷又真实地呈现出来:无须回避、没有歉疚、相互报复、破釜沉舟,一切都可以随心所欲登峰造极,可以不计后果,因为没有后果,每个人都是施加者也是承受者。

但是,这也是一个隐约地向父亲致敬的文本,是情感倾斜父亲的小说。父亲的时代毕竟还有情天恨海、有义无反顾和刻骨铭心的情义。母亲是受害者,但她的不值得同情不是因为她应该受到伤害,而是因为她的虚伪。她对丈夫和性事的虚伪,对女儿和道德的虚伪。小说在人心最隐秘的角落展开,把世间最私密的东西撕破了给人看。但这里没有快意,只有"暗疾"。父亲、母亲是历史的表意符号,但被小说放逐的父亲更具历史意味,遥远的往事因他的缺席显得更斑驳和迷离,他对"小兔子"致命诱惑的犹疑、矛盾以及"案发"

之后"屡教不改"的决绝，不仅表达了那个时代真诚的"愚钝"和情感方式，同时也使后来忆宁们的肉体搏斗索然无味。母亲同样也意味着"过去"，但岁月使她更像是一个历史的"遗民"。如果说父亲的离去是戛然而止恰到好处的话，那么母亲则因长久孤寂的举止变形，使她成为一个名实相符的卑琐的多余人。在这里，鲁敏无意识地摆脱了"历史崇拜"的羁绊，而没有成为一个危险的"怀旧病"患者。

文学评论家　孟繁华++++++++++++++++++

名家点评

《白围脖》尽管也涉及母女生活上的拮据与艰辛,然而此小说重心不在于写底层的苦难,其关键在于写父、母、女儿两代人和两个家庭的情感纠葛。小说两条线索并举,通过父亲的日记还原了父亲处于妻子和情人之间的纠葛、挣扎、内疚、痛苦、欢乐等;女儿处于乏味的家庭生活,也最终出轨。"白围脖"是父亲的遗物,女儿戴上了,意味着她最终理解了父亲,但母亲对父亲的怨气要通过女儿发出,于是她揭发了女儿,导致了女儿的家庭危机。在情感与伦理、欲望与责任之间,鲁敏似乎一直没有表态,她同情父亲,也同情母亲,同情女儿,也同情女婿,每个人处于其位置上皆有独特的难处。

文学评论家　刘涛 ++++++++++++++++

创作谈

有时，我奢望我的文字能像镜子那样，为身边已经开始衰老的人们逼真地重现她们年轻的时光，那时的无知、傻气和倔强……似乎仅仅是出于这样一个有些天真的理由，我坐到了一面从苏北县城带来的镜子前，拂去上面的微尘，像拉开一段陈旧的帏幕，那沉默不语的镜子里果然出现了姐妹们的那段风华岁月……春华、秋实、大双、小双，包括小五，她们一个个含着笑向我走来，也许是因为年轻，她们的步子显得有些轻飘飘的，即使是到了某些命运的关头，她们也仍然是那样轻逸，极其偶然、极其随意地就决定了一生的走向——其实镜子里面、外面也都差不多吧，多少个女孩子，对待爱对待情对待取舍，一开始总是那样自以为是，等到她们终于开始谨慎、持重地敬畏命运时，才发现大势已定，后来的些微努力也只是为了心理上的某种安慰……

小县城里的悲欢、喜乐，似乎只有透过镜子去看，才觉察出分外的温良和哀愁。我喜欢春华的老实本分，她是县城里多少贤良女子的微缩，在她的翼护下，哲光会成长为一个健康的好孩子；我爱秋实的飘逸风流，我相信她将来会发生一些迷人的婚外恋情；我折服于小双的骄傲，不能忍受哪怕只是想象中的忽视，她的死恰到好处，如今她比谁都年轻、比谁都好看着呢；我感叹大双的笨拙和逃避，也许她注定就要远离亲人，用一个陌生的开始重建爱的家园；小五，她是既乖巧又乖张的吧，应该是五个姐妹中最有开放性命运的一个……对了，还有父母亲，他们也是不应该被遗忘的关注对象，在他们身上，我投向了更加深情的目光，他们的谨小慎微互相搀扶、对女儿们婚事的苦心孤诣、在变故面前的无能为力、最终必将默默老死于小县城的平凡一生说来也许太过普通，却也是镜子里最为长久的画面之一。这面镜子，照过了那么多婷婷的姐妹，但闺中花儿在绽放之后必将离枝而去，到最后，只可能剩下白发苍苍的这对父母与光洁依旧的镜子两两相对、相看无言……

鲁敏《假如镜子有记忆——关于〈镜中姐妹〉》
《北京文学·中篇小说选》2003 年第 9 期

镜中姐妹

一

小五的命值五十元。生她的那天,街道的计生办找到家里,罚了父亲五十元。

五十元在1979年,不多也不少。但因为小五还是个女孩,父母就都觉得这五十元真是太冤枉了,尤其是父亲,他简直后悔起来。在小五前面,他们已经一口气生了三胎四个女孩(有一对双胞胎),然后他们停了八年,尽管父亲这时已经快四十岁了,但就像赌徒相信手气可以好转一样,他们决定试试运气再生一胎。没想到,种子才种下去四五个月,一直风传的计划生育却真刀实枪地刮到了县城,每个街道都成立了计生办,一家一家地上门劝说女上环男结扎。父亲有点儿不甘,但他在县第一中心小学做老师,那是为人师表的地方,总觉得面子上有点儿过不去,校长才一开口,他就故作轻巧地一口应承下来:"过几天去做掉,保证做掉。"做母亲的却相当固执,一直拖延着,找出种种借口,同时她整日重复着一句话,就像一个健忘的演员在练习一句拗口的台词:"你不想试试吗?我真的有感觉,这次可能就是个男的呢。"父亲被说中了心事,并且被母亲的"感觉"和沉着的坚决所感染,他默许了母亲的拖延,并像一个心照不宣的同谋那样找出种种借口对付成立不久、毫无经验的计生办。当他们绞尽脑汁再也无法找到新的借口的时候，计生办终于意识到某种阴谋，他们冠冕堂皇地到父亲家坐了一整天，并最终与心虚的父亲、疲惫的母亲达成协议：次日到县医院引产。

小五在胎中似乎有所感应，当天夜里，母亲腹痛如割，见红下水，一切症状都表明：小五提前四十天出生了。母亲虽痛苦难挨，但却在汗水和血水中面呈欣慰之色。然而，当疼痛在高峰戛然而止，小五细如发丝的哭声如寒夜中的一道微弱烛光照亮父亲沮丧的脸色，母亲生产的喜悦在瞬间被巨大的绝望、自责取代，她不用看就知道：又是一个丫头！

考虑到曾答应次日引产，但因非人力因素才导致超生，计生办只罚了父亲五十元，并免去了停课一学期的处罚。尽管如此，由于中年得子这一理想的彻底破灭，父亲还是对小五充满了他无法意识到的一丝积怨。

"给这孩子取个名儿吧。"月子里，母亲几乎是小心地请求说。"就叫小五好了。"父亲心不在焉地回答。说这话的同时，他正在诵读一篇佶屈聱牙的楚辞，似乎想把下半生全都投入古汉语的海洋，做一个知识深奥得失去意义的小学语文老师。

母亲更加沉默了。本来，她是特意选了父亲读书的时候请他取名，一番心思白费了。她不能不想到从前，她第一次怀孕，那时父亲多兴奋啊，他早备好了名字，一下子想了两个，他得意地对年轻的母亲说:"预产期是3月份吧,就叫春华,不错吧?等你生第二个,我们就叫秋实。男孩女孩都适合,怎么样?我们就生一男一女吧……"然而,春华、秋实全是女孩。父亲有点儿失望,但有句老话叫"事不过三",他满怀希望地看着母亲的肚子再次变大,这次大得超出想象——是个双胞胎!雪上加霜的是:全是女孩。对接踵而至的女孩深感厌倦且绝望的父亲这时已经失去了一个语文教师应有的文采与浪漫,他随着前来喝满月酒的亲戚们胡乱叫着:"大双、小双。"这名字尽管平常了些,却也恰如其分。最可怜的是小五,小五,这名字算什么呢?母亲又开始流泪了,她的最后一个月子,泪水泡得她的双眸失去了最后一丝光泽。生完小五,她就彻底成了一个中年妇人了。

这一年,春华、秋实已经上初中了,而大双、小双也已成为父亲所在小学的三年级学生,她们每天放学回家,看到的就是母亲披散的头发、哇哇乱哭的婴儿以及一大堆散发着臭气的尿布。春华和秋实每日以划拳决定由谁来洗尿布;大双、小双则轮流分工,一个去唱着儿歌晃动摇篮,另一个得以悄悄溜到厨房,偷吃没有了热气的鸡汤。很快,父亲下班回来了,每天一进门,他就觉得自己是从一个课堂来到了另一个课堂,甚至后者更令人烦躁。他于是以工作一天后的疲惫为借口,一边准备简单的晚饭,一边训斥两个大的和两个小的,在训斥的过程中,他偶尔会停在小五的摇篮边,小五在摇篮中用她尚没有视力的双眼对着任何发声音的地方露出高兴的笑容。可能正是缘于摇篮中的某种直觉,小五从小就认为,如果按照对自己的喜好程度把家中的成员排个队的话,可以有三个层次:母亲、小双(心疼、关注),大双、春华、秋实(若有若无),父亲(漠然、厌烦)。小双与别的姐姐们不同,她最爱笑,她在小五摇篮边唱歌的次数最多,并且只有她的歌声带有真正的柔情蜜意。

二

等到小五也背着一只小书包摇摇晃晃地出现在县一小的时候,她才第一次意识到人们对她外貌的关注和期待。那些老师们(父亲的同事)会在下课时拐到一(3)班的门口,头往里面一伸,大声地问讲台上准备下课的老师:"哪个是张老师家的小五?"

同学们会转过脸盯着小五,小五犹豫着,不知道该不该站起。但这样已经足够,伸头的老师认出了她,他们满意地笑起来:"真的,又来一个,张老师还真有福气……"

这样,从人们只言片语的零星评介中,小五得到了自己一家人的社会形象:父亲,一个性格内向、喜爱古文的语文老师；母亲，曾经漂亮过的县服装厂广播员；四个女孩子，一个比一个漂亮，尤其到了小双，活脱脱一个大美人胚子。对于小五的长相，有两种观点：一种认为她是个败笔，这孩子脸上线条太硬，眼睛不够大，眉毛也太浓；另一种认为她比她所有的姐姐们都更洋派，有气质，像大地方的孩子。但总的来说，在20世纪80年代小县城的审美观里，小五是比她的姐姐们长得差了一点。

奇怪，对于女孩子，为什么人们总是会关心她们的长相？这让小五觉得很单调，但这也导引和暗示了小五的某种兴趣，在家里，小五时常会注意和观察姐姐们的一举一动，同时，她慢慢地养成了一个特别的爱好：收集废物，收集家里每个人丢掉的那些没用的玩意儿。这些破烂，在被扔掉的瞬间，小五觉得，它们才产生了意味深长的价值。小五会悄悄地找回其中的一部分，细细地观察研究一番，从中寻找和发现人生的最大奥妙。

有一年冬天，小五在春华的废纸篓里捡到了一个撕破的纸质小口袋，上面写着：卫生带。卫生带，那是什么？小五的直觉让她记起这两天母亲与春华间的窃窃私语以及春华别扭的走路姿势。春华在一天之中开始疏远起别的妹妹来，就连与她关系最好的秋实，她也是爱理不理的样子。这一年，春华已经在读高一了，身体有点儿微微的青春胖，辫子乌黑发亮，很引人注目，走在她身边，母亲就像个又瘦又老的丝瓜干。春华性格温顺，天天看书到很迟，但她的成绩却一直不好，勉强挨到高二，不顾父亲的几次阻拦，她执意不肯再读下去，正好母亲的服装厂里有一批小规模的招工，春华就工作了，成了家里第一个挣到钱的孩子。

记得她第一次拿到工资，按照当时县城流行的风气，她给家里每人都买了一个礼物：母亲是一袋"光明"牌染发剂，父亲是一瓶有包装盒的精装洋河大曲，秋实是一条红色的薄纱巾，大双、小双一人一只新发夹，给小五的呢，是一个小小的只有六十四开大的日记本。全家人都高兴极了，最起码表现得高兴极了。小五其实很喜欢纱巾或发夹，但春华却给了她一本日记本，这说明什么：她不够漂亮？她更加聪明？可是那只发夹多么好看呀。当天晚上，小五做了个梦，梦见了一只硕大无比的发夹，漂在水面上，小五跟在后面追呀追，却总也追不上，奇怪，后来，那只发夹变成了小双，小双漂在河面上，一动不动，像睡着了一样……小五从梦里吓得醒过来，却听到睡在旁边床上的父亲母亲在说话。

"看来我是真的老了，春华都给我买染发剂了……"母亲在夜里叹了口气，听上去悲凉极了。"你都忘了我年轻时的样子了吧。"

"没有，她们个个儿像你，跟你从前一个样儿……"父亲说,语气却不如他的词儿那么热烈。

"春华工作的事儿你还在生气,瞧她都挣钱给你买酒了……"

"看她带的这个头,我最恨的就是绣花枕头……我看我们家全是一堆绣花枕头,你看她们,整天就知道照镜子,看看她们今天拿到丝巾、发夹的那欢喜劲儿!我为什么想要个男孩子,就是恨她们这点出息!"

"她们还都是小孩子嘛……"母亲微弱地争辩了一句,"有时我也想不通,我们怎么就生不出个男孩子,真是的,说出来都怕人笑话,一下子五个……都怪你,种子不好……"

"是土不行,盐碱地,不出带把儿的,我撒多少种子也不行啊……我再给你撒点儿怎么样……"父亲好像在翻身,然后他喘起气来。床好像抖起来,令人不安。母亲没有声音,过了一会儿,小五有点儿害怕,最终听到母亲憋着嗓子吟哦了一声,小五放心了,翻个身接着睡下了。她想接着做那个梦,看看小双为什么会那样一动不动地漂在水面上。

春华上班不到一年,就开始有媒人到家里提亲了。尽管当时风气渐开,但最正式最地道的求婚方式还是请媒人提亲。母亲对此似乎胸有成竹,她支开因为手足无措而显得心烦气躁的父亲,踌躇满志地开始了她的挑婿历程。很多年以后,当全家就只剩下小五待字闺中的时候,已经衰老得无须保守秘密的母亲对小五说:"我跟你爸不一样,生不到儿子,我只气一时,但长远来看,我早就知道,生女儿好,可以挑个好人家。这个'挑'字,大有讲究,挑好了,全家跟着享福,日子在天上飞;挑孬了,日子倒着过,苦得跟爬似的。我呀,自己的命就到此为止了,但你们呢,才刚开始,一个个儿的要给自己开个好头……只可惜小双她太没福气……"

春华的求亲者集中在服装厂,最好的只不过就是厂办的小秘书。这让母亲大为失望,她想一定是春华敦厚老实的模样使人们低估了她家的门槛。母亲拿出她做播音员的嘴皮功夫,不着痕迹地拒绝了那些假借串门名义前来提亲的中年妇女们,同时,她又深入浅出地暗示了春华的好条件和高要求,以促使那些联想丰富的媒人们发现新的人选。那些被拒绝掉的男方的具体情况,母亲有时候都不会跟春华说,春华更是从来不会主动问上一句:这是一个女孩家应有的规矩。做了这么多年的长女,春华的性格已经平实得像一块密实耐用的砧板,她习惯于听父母的话,即使婚姻这样的大事——加上母亲那种洞察世事、不容置喙的腔调——春华听天由命地想:管他是谁呢,母亲不会看错的。父亲却对来来往往的串门者不胜其烦了,他认为这大大影响了他晚上研读《楚辞》的时间,似乎女儿的终身大事还比不上《楚辞》中的某个有争议的注解似的。当母亲连厂办秘书的牵线人也拒之门外后,父亲不耐烦了，他把母亲叫到他们的房间，尽管他努力压低嗓门，但几个在客厅做作业的孩子还是听得清清楚楚。

"你在待价而沽吗？你在讨价还价吗？你把春华当成什么了，一棵摇钱树？当心，不要到最后竹篮打水一场空！你不嫌丢人？你不嫌闹得慌？"语文老师因为激动而使用了不太恰当的成语和歇后语。

"这有什么丢人的！男婚女嫁，择优而从，这是讲到哪儿都明明白白的道理。你看看咱家春华，她那模样，那脾气，多好的女孩儿，我就不信找不到个有前途的人家！我觉得我还挑得不够呢，她这样儿的，我怎么挑都不过分……再说了，我还要给下面几个开个好头呢……"

小五偷偷地走到厨房，春华正在洗碗，春华最近瘦了，显得胸脯更高了，她的脸从侧面看过去，像长了一圈绒毛，全身上下散发出一种特别的气息。小五在边上看着，一时有点儿发呆，春华发现她，用湿漉漉的手敲了一下小五的头："还不快去做作业！"春华上班以后，似乎反而对学校有了一点儿敬畏之心，她几乎比母亲还要尽心地督促着下面四个的功课。

"他们在说你的事儿呢！"小五故意说，她想只要春华问她，她就把刚才听到的全部说出来。春华要比小五大上十一岁，在小五的眼里，大姐是个大人了，小五有点儿想要讨好她。

"去，小毛孩儿，别听大人的话！我能有什么事儿！"春华板起脸抹起桌子。

小五很生气，她觉得春华一点儿意思也没有，连脸都没红。

好在很快，春华的事就有了眉目，一个社交广泛的媒人很快悟到母亲的旨趣所在，她在第二次串门时不再一事无成，最起码，她推荐的对象终于成功地过了母亲这一关。那个在她的口中被说得一表人才、前途无量的年轻人叫陈善材，在县政府财政科工作。

不久，母亲亲自安排了两个人的见面。为了准备这次见面，母亲带着春华到裁缝店做了一件带金丝线的两用衫，这是当时县城最时髦的布料了。衣服做好后，挑剔的母亲又逼着裁缝修改了两次，最终合体得像从春华身上长出来似的。正式相亲的前一个晚上，春华带着点羞怯地试衣服给大家看，大双、小双、小五一个个都喜欢得张大了嘴巴，秋实在一边闹着，说一定要借给她穿到学校，秋实那时刚上高中，爱穿衣打扮的心思一天比一天强烈。母亲一边趁机训斥着秋实，一边拿手指用力戳着父亲的肩膀，父亲从他的灯下抬起头，好像第一次见到春华似的围着春华看了一圈，母亲满脸得意地看着他，等着他称赞，父亲笑了几声，却突然有点儿悲哀起来，他很轻地说："这是春华的顶峰了。"小五听不明白，想象中应当是句夸耀的话吧,母亲却沉下脸来:"你不会学喜鹊唱,就非得叫声乌鸦调吗!"

次日的相亲正如母亲所愿,两方你情我愿,一锤定音。后来的事就都按部就班了,陈善材会隔三岔五地带着小礼品来看望父母,春华也经常会穿戴得漂漂亮亮地单独跟陈善材出去看电影或到红梅公园玩上大半天。陈善材是个面面俱到、讲究细节的人,话虽不多,但每句话的分寸感把握得很好,一看就是在机关里待了很久的人。母亲对此非常得意,认定这是陈善材前途无量的最好证明。可能是出于习惯,他对每个人都客客气气,就连小五端杯茶给他,他都会抬起屁股表示谢意。每次约春华出去,他都会让春华带回来一些好吃的零食,这让小五非常高兴,因为秋实最近嫌自己太胖,基本不吃零嘴了,大双、小双两个虽然先天不足一直是瘦条子身材,但她们却喜欢围着春华听她讲电影故事,所有的零食基本上都由小五独享了。但小五并没有因此对陈善材有更多的好感,因为小五现在开始明白父亲的那句话了,的确,订婚之后的春华好像就开始走下坡路了,尽管后来她又添了一些新衣服和漂亮的丝巾,频繁的约会也使得她的脸色更加红润娇嫩起来,但是奇怪,小五就是觉得春华变丑了,特别是她身上的味道,好像开始混浊厚重起来,夹杂着一丝陌生而可疑的气息。这让小五有点儿伤心。

春华结婚那天，小五第一次穿上带花边的新衣服，可是从后来的全家福照片上可以看见：她挂着小脸挤在大人们脚边，看不出一丝喜气。春华出嫁了，小五第一次体味到家人之间出现的这种以喜庆形式出现的分离，尽管只少了一个人，但小五觉得：家不完整了，像缺了一个角的月饼。小五去翻春华桌子下的纸篓子，她找到了大姐在这个家中最后一次扔下的垃圾：一副旧的洗破了的假领子、内衣的空包装盒、一块皱皱巴巴的手绢以及几张被剪坏的红喜字。小五看了看，又飞快地闻了闻，然后悄悄地收起来塞进她抽屉的最里边。

最先从别离中恢复过来的是秋实，因为春华出嫁之后，留给她不少衣服，她不顾母亲因为春华的出嫁而筋疲力尽、悲欣交集的状况，甜言蜜语地央求母亲帮她把春华的衣服一一改小，并在领子、袖口等细节处增加一些时新的变动。

母亲一声不响地坐在厨房靠北的窗户，一针一线地帮秋实改衣服，眼泪悄悄地滑下来，她终于停住手，哽咽着说："从小养到这么大，说出去也就出去了，她昨天在家还穿着这身衣服的呢……"家里突然显得很静，父亲故意咳嗽着，却显得家中更加安静。

十二岁的小五抬头看看母亲，她这是第一次看到母亲在哭。小五心想，如果嫁女儿让母亲那么难受，自己以后就不结婚了。

三

父母亲像大多数人那样，习惯于过一种低于他们所能负担得起的水平的生活。父亲的工资全都交给母亲，而母亲就会神秘而平静地把其中的大部分送到银行。留下的一小部分，母亲用来买菜、交书本费、买报纸、交水电费。至于添衣服，那是过年时才会有的。小五对此没什么感觉，因为她的衣服很多，四个姐姐一年年地积攒下来，够她一个礼拜都穿得不重样，尽管那些衣服略略肥大，样式过时，颜色发白，但小五毫不在意。父亲常常当着全家的面为此夸奖小五："咱家就数小五最纯真，一心想着读书，不照镜子。"在父亲看来，照不照镜子好像是衡量一个人价值的重要标准。

但秋实对一年四季没有新衣的生活感到难以忍受。她有一个误区，认为春华出嫁了之后，母亲应该像对待春华那样给自己多添点新衣服。在跟母亲反复交涉无效之后，她就会躲在房里不肯出来吃饭，母亲喊她，她不吭声，再喊，她就气哼哼地说："我不吃了，把我的那份伙食费省下来，给我买衣服。"

母亲被她气得笑起来："小祖宗，快来吃吧，等你考上大学，你要买多少我就买多少。说实话，我现在是不敢给你买，你看你，现在花在衣服上的那心思，这样子，还考什么大学！"

秋实气鼓鼓地跑出来，前面的刘海却突然好看地往里卷起来，原来，她就是生气时也不忘记用发夹给刘海变点花样。父亲放下碗筷叹口气："秋实，你这是像谁呢？你真叫我担心。"

父亲的担心其实是多余的。秋实虽然喜好穿衣，举止略带轻浮，但她的脑筋却特别好用，春华在家时经常回忆，说小时候划拳洗小五尿布时，经常划不过秋实，秋实像是诸葛亮似的，老会猜中别人下一步要出什么拳。在学习上，秋实并不是特别用功，但她猜题目也是一把好手，每次期末，她总会从老师做课堂复习时的语气和眼神中捕捉到某些别人难以意会神传的秘密，然后她就临时抱佛脚地抓住她认为的那些重点狂啃一气，到最后竟然让她在班上总是名列前茅。秋实为此得意非凡，愈加喜爱猜测打赌，任何一件事情，她都会顺手拿过来与身边的每一个人打赌："你猜今晚妈妈做面条还是稀饭？""小五，我们赌一张香水书签！""小双，你猜，明天到底会不会下雨？这个很难，我们赌帮对方叠一个星期的被子怎么样？""爸爸，妈妈今天回来迟了，我来猜，她准是去剪头发了，如果我猜对了，你给我加一块钱零花钱好不好？"有的赌听上去莫名其妙，使得对方认为可以就此与秋实碰碰运气，但奇怪的是，大多数时候，都是秋实赢——可能是她注意到了生活里的某些蛛丝马迹，也可能是她确实拥有某种神异的功能。

最令人信服的是秋实与全家人赌春华肚子里孩子的性别。在B超还令人抗拒的情况下（县城里，当时流传着一种可笑的说法：照B超容易导致流产或婴儿失明），婴儿的性别实在是个难以把握、人人关注的谜，因而经秋实一说，这个赌就变得非常具有吸引力了。小五和大双、小双很兴奋，这是她们第一次亲眼看到一个孩子在女人的肚子里从小变大，那个把春华肚子撑得无比巨大的家伙到底是她还是他？好玩，太好玩了，连父亲都笑呵呵地表示愿意跟秋实赌一本英汉大词典。可是这次秋实却不跟妹妹们赌了，也不响应父亲，虽然作为一个高二学生她确实需要那本英汉大词典。她撇下大家，只单独要跟母亲赌。

母亲的神经最近有点儿紧张，她担心春华会跟自己一样是个女儿肚子，她担心真的生出个女儿之后，春华会失去陈善材的宠爱（也许她想到了自己，想到了生小五时那些没有热气的鸡汤）。母亲心不在焉地应付着秋实，看到大家都笑嘻嘻地在等她应赌，她简直有点儿生气了：这么大的事，怎么能打赌呢！

秋实看出了母亲的心思，她一语中的地说："妈妈，你知道，我一直都会赢，我赌春华生个大胖小子！"

母亲控制住脸上的笑意，但她的口气软了下来："死丫头，那你要我输什么给你？有本事你就真赢！"

"衣服！每个季节都要帮我添一套新衣服！"秋实迫不及待却又深思熟虑地说，"一点不过分吧，如果春华生个儿子，我想你本来就会高兴得给我添衣服了！"

一个半月之后，春华的儿子哲光出生了。陈善材乐得跑来跟父亲喝酒。父亲站到凳子上，拿下了厨顶上春华工作时买给他的那瓶洋河大曲，翁婿两个就着昨晚的剩菜对饮起来。父亲很快就醉了，他口齿不清地说："总算生了个儿子，我这辈子还没抱过带把儿的孩子呢！善材，放在这里，我和你妈给带着，你放心，我有一套最好的育儿方法，一直没机会用上……"

小五跑到厨房，把那个满是灰尘的洋河大曲盒子收起来，她忽然想到，要是春华生的是个女儿，可能父亲一辈子都不会碰这瓶酒了。小五有点儿不舒服，她好像突然不太喜欢那个还没见过面的姨侄子哲光了，是他抢走了本来该属于姐妹们的"育儿方法"。

倒是秋实，对哲光喜欢得不行，这次大胜母亲后，她如愿以偿地得到了时新的花花衣裳，加上她本来举止娇美、喜好搭配，整个人看上去，又比当年的春华更胜了一筹。可能是命中注定吧，也可能是此消彼长吧——对外貌修饰的过分倾心不幸导致吉光灵性的遁失：一向在各种大考小考逢凶化吉的秋实在她人生最重要的一场考试中马失前蹄了。第二年的夏季，秋实高考失利，几经周转之后，进了地市级医学院，读三年大专。

父亲并没有过分地责骂，但他安慰的方式让人听了很不舒服："没关系，爸爸本来就没指望你们怎么样，女孩子学些医务护理不挺好的，挺好的，你瞧，以后我们家有人生病就不愁啦。"

母亲大概是被秋实平常的成绩及她的小聪明所迷惑，因而她对秋实非常失望，秋实大哭一场恢复过来之后，她都还好几天气得吃不下东西。后来，大概是为了转移秋实（更多的是她自己）的注意力，她到银行取了一点钱，出手大方地带着秋实又去添置了一些衣物，父亲几次暗示她不必如此铺张，母亲却振振有词："你懂什么，穷家富路，医学院离家一百多里，好歹也是个市，比小县城是大多了，别让咱秋实在那儿难堪，再说了，秋实在那儿要认识很多大地方的新同学新老师，你不希望女儿被人家小瞧吧！秋实，记住妈的话，在外面，要洒脱一点，骄傲一点，眼界放高一点……你别笑，你到底有没有听懂妈的意思？"

四

在十七岁以前，外人基本上分不出大双和小双，像大多数双胞胎一样，从发式、夹子到衣服鞋子，她们总是被母亲故意打扮得一模一样。家里人对此却无法混淆，因为大双、小双除了外貌、动作相像，别的几乎哪儿都不像，同样是喊她们，小双保管会脆脆地应一声，大双则会一声不响地走过来。大双爱静，有时会帮着母亲做点针线活儿，小双性格活泼，相对来说，她是父亲最喜欢的一个孩子，只有她敢在父亲看书的时候去揪他的头发，在他衣服后面粘上一把刚摘下来的苍耳，让父亲上课时惹得全班学生笑成一团。尽管两个人性格相反，她们却由衷地喜欢和对方待在一起，上学、放学结伴而行，生活上互相照应——这可能是从摇篮中就养成的一种习惯，也可能是她们潜意识中对个人性格缺陷上的一种互补和占有的欲望。她们形影不离的状态一直持续到青春期开始之前，这让小五常常感到说不出的孤独，小五想：春华结婚了，秋实有新衣服了，大双、小双那么交好，自己怎么办呢？她试图与母亲靠得更近，但令她更加失望的是，母亲的全部心血和乐趣现在全在外孙哲光身上了。哲光那家伙长得很胖，在父亲的调教下，十个半月就会喊人了，他喊秋实"姨"。把长得一模一样的大双、小双喊成"双姨"，小五就是"小姨"。哲光的牙齿还没长好，流着口水细声喊着小姨的时候，小五就忍不住跑过去，抱起他。小五想，算了吧，就对哲光好一点吧，以后还不知道会怎么样呢，就像小时候，小双对自己多好呀，放学回来在摇篮边唱儿歌，可现在呢，长到十七岁了，自以为是大人了，一天到晚就只跟大双说悄悄话，有什么事儿一直都说不完呢。

十七岁那年的初夏，小双不知道为什么，谁也不商量谁也不告诉，自个儿跑到理发店用她的零花钱把辫子给剪了，虽说是挺好看的童花头，可是全家人都大吃一惊，像发生了大不了的事。母亲也把注意力从哲光身上挪开一会儿，连声问："为什么？"一边又劝说大双："明天也去剪了，我看不惯你们头发不一样……"大双却一反常态地拗起来，坚决不肯去剪。小双兴奋得有些异常，她不理会母亲的诘问，只是小心却又得意地一个劲儿问大双："这样好吧，这样问题就解决了吧。"她们有什么问题？小五听不懂，秋实却自作聪明地用她一贯的诸葛亮腔调说："妈，别问了，我知道，她们是大姑娘了，开始有秘密了。"

母亲对秋实的猜测很不满意，她总认为自己的女儿一个个还小着呢，哪会有那么多秘密。许多年以后，每当说起小双，她还会自责得流下眼泪："是啊，还是秋实当时猜得对，小双她是有秘密了，那天，我为什么不问问清楚呢……"在当时，母亲叫嚷了两句后就自我安慰着对小双的新发式置之脑后了，她只是抱着她最喜爱的哲光暗自嘀咕着："你双姨现在变成两个了，下次你记住，扎辫子的是大双姨，短头发的是小双姨……"

小双剪头发的真正原因直到她五个月后的沉河自尽才陆陆续续地从大双的嘴中给母亲一点点追问出来。母亲没有想到,在她沉湎于做外祖母的天伦之乐的时候,她的一对双胞胎正陷入早恋的泥潭。

早恋,这把地下野火在 20 世纪 80 年代末的县城中学烧得非常旺盛,那时候,《上海滩》《血疑》《陈真》和《射雕英雄传》等电视连续剧在电视台里播得热火朝天,那些台词、那种真情、男女主角的拥抱以及流传广泛的主题歌一下子成了青春期孩子们最刺激的情感启蒙,他们像河蚌一样对严肃而保守的父母辈紧紧封锁着内心无处排遣的激动,但那种幼稚而率真的激情却像蚌肉一样软弱细腻,一个来自后排的眼神、一件新换的有肥皂味的白衬衫、一头刚刚洗过还在滴水的头发,就足以让敏感多情的孩子们身不由己了,他们像中了魔咒似的被卷入隐秘的狂热里,小心翼翼地通过极其隐晦的方式互相传递并增长着彼此的爱慕之心。

当然,那种美好却又危险的早恋并不见得导致死亡。小双的不幸也许是命运与生俱来的馈赠——她与大双让外人无法分清的外貌和举止。她和大双在每天放学的路上都会碰到一个骑着半新"凤凰"自行车的男孩子,那个男孩子她们都认识,比她们高一个年级,是学生会的宣传委员,会吹笛子,喜欢打篮球。除了星期五的练球时间,这个男孩子总是在她们俩放学的路上等她们,他并不是每次都会跟她们说话,有时他会给她们带一袋金鱼,有时会是两束狗尾巴草,有时只是远远地跟在两个人后面骑一会儿车,故意地摇摇铃铛。每当这个时候,小双、大双拉在一起的手会同时出汗,大双更是紧张得不敢说话,小双不甘心,但她也不知道说什么才好,于是她就吹口哨,小双的口哨吹得很好,比男生都好,她吹的是《上海滩》主题歌。

回家之后,无话不谈的小双和大双就会互相交换她们得来的关于这个"笛子"(这是她们私下里给他取的绰号,以防止被别人发现她们的小秘密)的点滴情况:比如,笛子的爸爸是农业合作社的副社长……怪不得,他家里会给他买"凤凰"车……他有个姐姐,嫁到南京去了……南京,那是多大的城呀……笛子的数学最好,每次考试,附加题都拿满分……但我听说他挺粗心,简单的小题目经常丢分……他篮球打得好吗……我看过,可惜他是二传手,而不是投篮的……大双、小双大大方方地互相启发着讨论着关于笛子的一切,在她们的嘴中,笛子像一只青涩诱人的禁果,两个人通过共享来分担其中的甜蜜和风险。无数个夜晚,两个过分直率的少女就在睡前的短暂时间里通过谈论笛子来为即将开始的寂寞长夜催眠;当梦境降临,笛子就分身成一模一样的两个人(就像另外一对孪生兄弟），分别出现在大双、小双的梦中，两个笛子，两个梦，那真像是天堂一样完美无缺。

这种混沌而纯真的"分享"并没有延续太长的时间，因为笛子很快就要高考了，他一星期只能在她们的路上出现一次了。大双和小双并没有向对方隐瞒彼此的失落，她们很快达成了一个一拍即合的心愿：让笛子好好高考，等到考完了，再重新联系。但事情发展到这里出现了一些细节上的难题，由谁来向笛子说这句话呢？大双说："你说吧，我怕我会太紧张。"小双也就义不容辞地点点头，但很快她又犹豫起来："不行，那不好！不如我们一人说一句怎么样？我说祝你高考成功！你说考完再联系！"——多少年以后，如果小双还活着，她一定会觉得可笑，为什么会提出那么笨拙呆板的办法，但在十七岁的那一天，她们一致觉得这个方法多么天经地义呀，没有任何偏差，对谁都那么公平，就是对笛子也是吧，他不是在与一对双胞胎交往吗？

没想到的是，就在她们满脸通红地说完了那听似简单却包含千万句潜台词的两句话以后，笛子却似笑非笑地问了一句："我跟你们当中的谁联系呀？我分不清你们两个，你们什么都一样……"说着他摇了摇铃铛，铃铛清脆，一下子响到她们心尖尖上。小双的脸突然由红色变成了白的，她声音稍稍带点儿颤抖地说："我们明天就会不一样了……"

081

小双当天放学就去了理发店。大双知道小双会想出一个简单的主意，当她看到小双甩着一头童花头站在屋子中间，大双就明白了小双的意思，母亲、秋实、小五在周围聒噪着，可是她们不在意，她们对视着，像世界上最亲密的姐妹那样，这次的发型之变令她们更加互相体恤，互相鼓励，互相为对方可能面临的失败和成功而伤心或激动着，她们的心思在对方心里像玻璃一样透明。

第二天，笛子却没来，她们几乎天天在等，她们的放学之路突然那么漫长，她们手拉着手，却总觉得空空荡荡。5月，6月，笛子消失在那些为高考而夜不能寐、心无旁骛的男孩子们中间了。

然后就是悠长而憋闷的暑假，小双的最后一个暑假。大双、小双都是苦夏的体质，那个暑假，她们更加苗条修长了，简直令每一个见到她们的人都为之心中一动。只有哲光，在那个暑假，不仅长得更胖，而且学会了走路和学跳迪斯科，后者是秋实教他的。秋实在医学院生活得非常愉快，那种地市级大专院校的气氛很适合秋实，那里的孩子大多数来自农村，也有一小部分来自县城、市区，甚至还有几个来自省会。秋实在那里，容貌出众，性格活跃，又足够聪明，很快成了学校里的"四大校花"之一，从母亲那儿学来的一口普通话又使得她成了校广播站的播音员……这是她考上医学院的第一个暑假,她甩着披肩长发换下录音机里大双、小双的英语带子,插进她带回来的一盘翻录磁带,很快,小小的房子里就响起了节奏快得令人心悸的迪斯科曲子了。秋实随着节拍扭起屁股和腰肢,家里每个人都看得有点儿不好意思,小五觉得那些动作很好看,同时又有点儿不知羞耻,尽管秋实一再鼓动,但她还是死活不敢自己也扭两下。只有哲光那家伙,抬起胖乎乎的腿学起他姨的动作。秋实大为高兴,一有空就带哲光玩。在她的调教下,哲光学得很有点样子,常常逗得全家人笑得肚子痛。笑得最开心的是陈善材,8月底,他仕途初现吉光,被提拔成了财务科的副科长,而正科长,已经五十七了。

然后就到了9月,大双、小双又开始手拉手上学了,这学期,她们升高三了,她们坐在从前笛子坐过的教室中,但从第一天上学起,她们就开始绝望:笛子已经离开县中了,已经不可能出现在她们面前了,一切都结束了吧……

然而,开学后的第五天,两个人又重新听到了自行车的铃铛声,她们犹豫着不敢回头,都认为是自己一个人出现了某种幻觉。

不是幻觉!因为那辆半新的自行车现在已经绕到了她们面前,并且像从前那样斜着停下来。不过四个多月没见,她们发现,笛子好像长了四岁似的,他的笑容不再像一个高中生那样羞涩了,不,他现在看上去简直完全像一个大学生了,他黑了一点，高了一点，神情很放松，衬衫的第一个扣子没有系，像很多年轻男人那样。大双和小双被震慑了，她们半张着嘴，谁都说不出半个字，怕露出一丝傻气和怯弱。

"我考到了南京大学，信息物理系，到 9 月 15 号才报到。我跟着你们四天了，你们谁都没发现。"笛子露出牙齿有点儿得意地笑起来，这一笑，她们高兴地看到，他的孩子气又回来了一点。

"祝贺你呀！"小双终于先说道。小双说话的时候，她夹在耳后的短发滑出来，几乎遮住了她半个脸。小双习惯性地甩甩头，像个男孩子那样潇洒。

大双在边上微微地笑起来，她想，是不是该跟上次一样，自己接着说，多联系呀。不行，那听上去简直太厚脸皮了。大双的脸在不经意中红起来，她动了动嘴唇，最后还是没出声。

"希望你们明年高考也顺利，喏，我把我的复习资料全给你们带来了……到了南京我会跟你们联系的。"笛子像猜中了姑娘们说不出来的愿望，他一边说着，一边抬起长腿跨上自行车走了。

小双松了一口气，虽然她知道自己跟身边的大双一样感到一阵甜蜜的惆怅。她不由自主又吹起口哨来，吹得比任何时候都要悠扬清脆。已经骑出去很远的笛子忽然回过头，小双吃惊地放平舌头，哨声像掉了针的唱片，戛然而止。

这一天晚上，陈善材陪着春华回娘家，主要是看看自己的儿子。陈善材仕途得意，甚至有传言说要调他到县委办公室当主任，但他还是很客气。他一客气，父亲母亲就更加客气了。连带着的，母亲现在连厨房都不让春华进，春华像是个真正的客人，坐在客厅里无所事事地逗着哲光玩。在厨房打下手的是小五和大双。小五觉得，在厨房里，拣菜的时候可以听见陈善材讲一些政府里的内部消息，很有意思。陈善材今天说起了西藏，他说，团省委最近在全省招募自愿进藏的进步青年，团县委也有五个名额，他这几天还在考虑呢，要不要报名。

"为什么？你没事报名去干什么？"小双用她一贯活泼的声音问。陈善材好像是笑了两声没有回答，倒是父亲，用猜测的语气问道："是不是去了以后再回来就更加……好了？"陈善材又笑了两声还是没说话，春华却忧心忡忡地说："爸爸，你还问，他这两天就动这个心思呢，要我说呢，要想有大发展又不见得非去西藏，去了西藏的就一定让你当省长？何苦呢，绕那么一个大圈子。万一有个什么事，你让我和哲光怎么办……"陈善材再次笑出声来："春华，我在陪爸随便聊聊天儿，你当什么真呢……"陈善材真是会笑，即使在厨房里，小五都能感觉到，他每次笑的深浅和含意都不一样。话题后来就换开去了，没人再提起这事。

085

9月份快到结束了,小县城在9月份就进入了秋季,树叶开始一片一片地往下掉。笛子的明信片也像树叶一样从南京飘过来,笛子很滑稽,他在一张明信片上同时写上了两个收件人,左边也只有寥寥数语。姑娘们轮流看着,谁都找不到心中想要的一点点暗示或记号。又过了几天,一个小小的纸盒包裹到了,从日戳上看,这个包裹是与那张明信片同时寄出来的。

她们把包裹原封不动藏在书包里带回家,若无其事地帮母亲准备晚饭,逗哲光玩,然后抹干净桌子做作业。她们默契地尽量推迟打开包裹的时间,这个推迟和等待的过程是多么美妙呀,任何具有耐心和想象力的人都曾经体验过。她们在写作业的间隙停下来猜测:里面会是什么?诗集?风铃?磁带?彩绘不倒翁?南京的雨花石?她们几乎想到了每一样当时最时新又不俗气的小礼品。

晚上,做完了所有的功课,家里每个人都睡了。小五现在睡在原来春华、秋实的那张床上。小五白天是玩累了,她打起了小小的呼噜。大双、小双这才从被窝里爬起来。没有开灯,她们借着窗外的月色窸窸窣窣地打开了那个小小的包裹。在一大堆碎碎的白色包装纸之中,她们找到了一只大大的红色蝴蝶形发夹,黄底子上撒着发亮的红圆点点,比她们在县第一百货看到的最好看的那只还要漂亮!月亮照在上面,那只蝴蝶发夹像宝石一样发出瑰玮的光芒，简直比世上最昂贵的宝石还要好看！小双拿在手上左看右看，爱不释手，简直连嘴唇都要碰上去了。

可是，为什么是一只呢？大双心里面忽然想到，她嘴唇动了动，没说出来。大双又想，没关系的，我们可以轮流戴呀，如果母亲问起，就说我们用自己攒下来的零花钱买的……可是，等一等，小双是短头发，她怎么戴呢……

她们放好包裹，重新躺下来。秋天的月亮在深夜里看起来让人感到寒冷，大双感到小双像发抖似的往被窝里缩了缩。大双快要睡着的时候，忽然听到小双细声细气地说："你说《上海滩》的结尾里，为什么是文哥先出来了呢？真让人难过呀……不过，总得要有一个出来不是吗？反正冯程程只有一个……"

次日，第二节课的时候，县中高三（2）班的老师忽然发现，课堂上少了一个人，而同学们都说，小双第一节课还举手发言的呢。几个小时后，陌生的人们在护城河发现了小双。那个时候，正趴在县一小课桌上午休的小五突然从梦中惊醒，她发现自己做了一个跟几年以前一模一样的噩梦，梦见一只巨大的发夹，发夹漂在河上，她在后面追，突然，那发夹变成小双漂在了河上，一动不动，像睡着了一样……

那只蝴蝶发夹，大双坚持着要亲手夹在小双湿漉漉的短发上，衬得小双楚楚动人。

有两个月，大双根本连门都没法出，家里人在绝望和哀愁中尽量打起精神去试图劝慰她：小双并不是因为她的存在才选择了死亡的，小双的死跟什么笛子啊，包裹啊，发夹啊没有任何关系，她可能是中邪了，她可能是走路失足了，她可能是碰到坏人了，她可能是在梦游了，她可能以为那条河很浅。胡乱讲出的推测听上去可笑极了愚蠢极了，跟那么活泼爱闹的小双没有一点关系。大双死劲堵住自己的耳朵像要堵住每一张因为悲痛而口不择词的嘴，她说："我真的没有想要那个发夹，你们都知道，小双也知道，我自己更知道——我根本比不上小双，我笑的时候没有声音，我不会吹口哨，我不敢主动说第一句话，我没勇气去把辫子剪掉……你们想，笛子怎么会选择我呢，他可能只是随便寄了只发夹，可能他实际上买的是两只，而他忘记放进包裹了，或者，你们去问问，他一定替小双另外买了个什么礼物……"有时候，大双会在房里转来转去，抚摸每一样东西，像在擦拭并不存在的灰尘或寻找无法感知的印记，她喃喃自语："十七年了，我是她的影子，我是她的一半，这房间里的每一样东西，我怎么能一个人用呢……"父亲劝她去上学，她像受了惊一样地低声叫起来："那么多年了，老师、同学、路上那些小店铺里的老板，他们总是看见我们两个，他们会不习惯的！沿街每一块可以照见人影的玻璃，它们一直照到的是两个影子，我怎么能一个人走在上学路上呢……"

那一年，大双没有参加高考，她根本没法看书。而笛子送过来的那些复习资料，也被大双扔进了垃圾桶，小五看见了（母亲暗地里让小五一直看着大双，怕她出事），却流着眼泪去悄悄捡回来保存好了，小五想：小双肯定舍不得把笛子的东西给扔了。

五

对大多数人的漫长人生来说，大学的校园生活都是极其纯真、宝贵、富有童话色彩的一种回忆，但大多数人在当时对此并没有感知，他们在书本、球场、食堂和宿舍之中懵懵懂懂地过去了。但秋实可能很早就意识到了医学院的这三年在整个人生中的特殊意义，也可能是她在医学院学了一点关于身体的病理病因，看了太多散发福尔马林药水味的解剖尸体，她对校园生活一直相当珍惜并细心体味。但她珍惜和体味的方式是挥霍、浪费和胡闹。没有人理解，所有的人几乎都看不惯，父亲甚至打过她。但她总是一昂头说："生命这么短，生活这么枯燥，我要多活点花样。"

大专二年级的上学期，她开始谈她的第一个男朋友，是校广播站的男播音员。秋实把这段恋爱在家信里对母亲做过只言片语的介绍，从她当时的遣词和语气来看，她是认真的。但三个月后，不知道为什么，两个人也分了手。母亲对此没有发表意见，当时已是20世纪80年代末了，自由恋爱的风气即使在最落后的乡村也有了大批大批的实践者，更何况秋实是在一个活跃先进的大学？母亲的默许也许还有其他功利的因素，但真正的事实是，母亲已经意识到，即使她表示了哪怕是最强烈的反对，秋实只会我行我素，没有人可以左右秋实的意志和方向。

第一任男朋友，对秋实来说，就像是一个新领地的开辟，是某种界限的打破，这之后，她就不断地打破自己吹男朋友的速度。两个月，三个礼拜，或者这个周末接吻拥抱而下周一就形同路人。这使得秋实在学校里慢慢变得名声暧昧，但她又那么漂亮、主动，跳全校最好的迪斯科，一些出色而虚荣的男生们似乎都以能与她恋爱为荣、为校园必修课。事情在开始也许还具有一些玩闹和天真的色彩，但渐渐地，出现了糟糕的迹象。有一次，有两个男生在食堂里因为秋实而打了一架，全校的学生几乎都在围观，一边敲盘子一边火上浇油，两个男生被众人挑得欲罢不能，下手很重，最后，其中一个脸朝下磕在水泥柱上，鼻子断了，脸颊上拉出两寸长的口子，影响很恶劣。学校抓不到秋实的把柄，只好给两个男生一人一个小小的警告处分。断鼻男生的家长感到很不公,千里迢迢地赶到学校,追根溯源地问出事情的原委,并且义正词严地打了个长途电话到爸爸所在的县一小。电话里,他除了追究和责问父亲对秋实的管教无方、贻害他人,还用一种几乎是幸灾乐祸的口气说:"我可提醒你哟,你家千金现在已经开始接触校外的男人了,那可是要出大事的……"

县一小谁不认识张老师的几个女儿?这下好了,秋实的故事像星状辐射线那样以最快的速度在县城的一些熟人间传播开来。第几个?是老二。怎么了?事搞大了,男方家长都找到张老师学校了。唉呀呀,真丢死人了。人们简洁隐秘地交头接耳。

这时候,父亲还没有从小双的打击中恢复过来。事实上,小双的死对他的打击是最大的——由于他平常经常故意或无意地流露出他对女儿们的失望和漫不经心,这使得大家在他面前不免显得有些嗫嚅,尤其是小五,跟他几乎没有话谈——只有小双娇俏活泼无所顾忌的性格给了他一些做父亲的快乐。小双的死使父亲在知天之命正式进入了老年之境,他的头发几乎全白了,眼睛老花得厉害,说话时常常中途停下,像一个迷路的盲人——因为他忘了下一句他本来要讲什么。学校里不再让父亲教五六年级的语文了,他被放到了资料室。

许多人生怕秋实的事会给他雪上加霜,尽管背后津津乐道,但他们很注意地从来不在父亲面前谈起秋实。事实上,父亲表现得要比人们想象中的要坚强得多——一株已经被严霜袭击过了的枯草对第二次霜冻的反应通常是不明显的,这可以理解为生命力的坚韧、适应力的加强,也可以理解为某种麻木、冷漠,或者逃避,因为,他曾多次宣称,几个女儿中,他最不喜欢的就是秋实,仅仅因为她太喜欢穿衣打扮。总之,父亲的日子从表面上看过得跟从前一样,除了更老。

与之相比,母亲的态度要积极一点,她写了信去骂秋实,并与秋实的系主任进行了于事无补的沟通。办完这两件事,母亲就安静下来,觉得她的义务尽完了。得承认,小双的死在一定程度上改变了母亲的生活态度。在悲凉和悔恨之中,她变得宽容和平静了,同时更加勤劳。她几乎一刻不闲,总是把家里打扫得一尘不染,她在干活的时候,不再像从前那样对父亲埋头读书唠叨个没完,或者对小五穿脏的衣服发出一个母亲通常的抱怨,现在,她一声不响地拖地,把老房子水泥地上的漆都拖得失去了颜色。她好脾气地洗全家的脏衣服,有的衣服,小五只是试了一下,她也不加选择地一起泡进她用了很多年的那只大木盆里。家里买了洗衣机,但除了洗床单,她从来不用。衣服干了,她会毫无必要地叠得方方正正,哪怕那是晚上就要换的内裤。小五实在看不过,会从作业本上抬起头说:"妈,你歇歇吧。""没事,没事,"

母亲像被打扰了似的从她专心叠着的衣服上抬起头,"反正我没事,闲着反而难过,真的。"

只有一样,母亲烧的菜不如从前那么鲜美了,奇怪,也可能是大家的味蕾功能有所退化了,总之,全家人一起坐着,像一幅用色暗淡的写实派油画——戴着老花镜的父亲、围裙从不离身的母亲、表情僵硬只顾吃饭的大双、用眼角悄悄瞟着父亲的小五;厨房的顶上是一只微微发黄的三十瓦的灯泡,陈年的旧家具整洁却缺乏光泽,灶上的半锅菜汤冒着若有若无的热气,一块用哲光毛衫改成的抹布摊在桌边,像一双不知世故的眼——晚饭总是吃不香。

哲光被春华接回去了,春华说,一来哲光要上幼儿园了,那幼儿园离父母这里太远。二来怕太吵着父母,累了大半辈子,该好好歇歇了。还有第三个也是最主要的原因,春华没说,但所有的人都心知肚明,小双的死及秋实的胡闹使得父母失去了原有的敏捷和生气,家里的气氛,秋意太浓,简直接近荒凉,无论如何,是不适合一个三四岁的小孩子的。

第二年快要过春节的时候,家里却突然有了一个好消息——如果不把它看作坏消息的话——大双宣布她快要结婚了。事情来得如此突然,大双的态度又那么决绝严肃,让人不敢流露出任何质疑和惊讶。母亲试图笑一下,但最终没有成功,她气息难平地问:"好女儿,你要跟谁结婚呀?"

"过两天姐夫会带他过来。他是本地人,原来在县政府行政科,去年去援藏了。后天回来探亲,我们正式结婚。"大双不紧不慢地说。这大概是小双死后她在家里说得最长的一句话。但对一桩终身大事来说,她说得还是太简单了。全家人愣在那里,父亲最先明白过来,他斟字酌句地问:"这么说,是你姐夫陈善材介绍你和……他认识的?"同时他看了母亲一眼,像是通过这种推理来安慰母亲。

大双没有说话。大家理解为一种默认。

母亲真的放下一点心,同时她把对大双私自订婚的不满转嫁到陈善材身上:"这善材,怎么能这样,大双一个姑娘家,脸皮嫩,不懂事,可他怎么不跟我们打个招呼呀,他这事做得太不漂亮了!把我们长辈放在哪里了?我可不领他这个情,我还要找他算账呢!"

大双不理会母亲的间接责骂,她自顾自地接着往下说:"我让善材不要说的,怕你们不同意……我跟他通了好几个月的信,互寄了照片,我们彼此很了解很信任……婚后我跟他到西藏去,他在那儿区政府里干行政,工资补贴加在一起挺高,那里东西便宜,我去了不会吃苦的……以后我会经常回来看你们的。"大双说到这里声音低下去,这才像是母亲心疼的女儿了。做母亲的心于是软了,鼻子红了,和解、难过、惆怅的眼泪掉下来。

小五看着大双，觉得她突然有点儿陌生起来。有那么一瞬，小五甚至认为死去的小双把她性格中的果断大胆留在了大双身上，大双现在不是从前的大双了。

几天后，陈善材果然带了一个身量不高、微微发胖的小伙子拎着四样大礼上门了。尽管去西藏的时间不长，但小伙子的脸上已有了一点当地的酡红，皮肤也很粗，看上去简直比陈善材还要大一些。就是大双，看到他也明显地愣了一下。大双没说话，只是上前接过他手里提过的东西。小五注意到，那人看着大双的眼神叫人觉得很舒服很踏实。

母亲心中不太乐意，她脸朝着陈善材问道："叫什么呢？今年多大啦？"母亲的口气不像在问一个即将登门入室的女婿，反倒像在盘问一个带着孩子插班的家长。陈善材这时才显出他的老练来，他语气轻松地说："妈，我这是听大双的吩咐，要给您一个惊喜哪！大双一直要我严格保密，要不然，她就不认我这个姐夫啦……李军是我在机关里多年的好兄弟，别看比我还小两岁，那魄力和前途可是我比都不敢比的，是县机关的重点培养对象，这回援藏，全县他第一个报名，县报还做了他的专访呢……为什么想起来把大双介绍给他呢，一来是我确实欣赏我的这个好兄弟，想替他张罗张罗；二来呢，他正好也符合大双妹子跟我说的一些条件，比如人实在啦，会疼人啦，工作单位远一点啦等等。虽说李军长得不高，可那身体是绝对棒,哎,李军,进藏前那体检的医生还把你当成运动员的吧……"

陈善材讲得面面俱到、抑扬顿挫,从工作到前途到年龄到身体到人品几乎一样不落。也许他在介绍李军时有点儿夸张,这是介绍人不可避免的通病,更何况父母对李军与大双的事本来就心存不满。但最主要的是,通过这番说辞,陈善材巧妙地对这桩秘密恋爱进行了非常得体的解释,又基本摆脱了他在其中的干系:是大双要给家里一个"惊喜"的,是大双要嫁到远点儿的地方去的……果然,母亲的脸色慢慢缓和下来。

李军正式拜见了父母之后,两家人就商定好在县城一个虽不高档但比较实惠的饭店举行了婚礼,熟人亲友们由衷地祝贺因为穿了一身新衣而举止有些生涩的父母,他们都对这桩婚事比较看好:李军稳重,能吃苦,有前途;大双沉静,会做事,有主张。虽然远了点,可是大家心里都明白,这是大双摆脱往事的最好途径。

结婚次日,大双像是无法再在家中待一秒钟似的,不顾母亲的苦苦挽留,拎着简单的行李就跟李军走了。小五在房间里发现她在匆忙中落下的一些信件,那是前面几个月李军与她联系交往的唯一方式。为什么大双会忘了把这些极富纪念意义的信件随身带走呢,难道她根本不在意这桩婚事?小五不敢细想。虽然她绝对不会去看这些信中的一个字,但她还是找了根细带子把那些信牢牢捆好了。

六

1988年毕业之后,秋实被分到了县第二医院,而她往年的师兄师姐们基本都分在县一院。显然,这是她在学校时的名声影响了她的分配。但祸兮福所倚,在大学生屈指可数的二院,秋实在1992年就当上了内科的副主任。当然,得承认,她在这四年的表现基本符合大多数人的道德规范——与此同时,这四年,社会的道德约束力也在逐渐放松。人们从报上可以看到,在南方的一些城市,第三者、包二奶、小蜜之类的已成了屡见不鲜的社会新闻,同居试婚、袒胸露乳的时装展示、街头避孕套自动销售机之类甚至已成为一种新的生活方式、消费方式而被媒体广为宣传,而一些号称滋阴壮阳的药丸或口服液之类更是堂而皇之地出现在整版广告栏内。但那只是在南方或者是一些大的城市,对省内县城这样不大不小的地方而言,道德的是非标准就显得有点儿尴尬:太"右"了吧,年轻人嗤之以鼻、置之不理;太"左"了吧,中年以上的人又会大叹世风日下。

在左右摇摆的道德夹缝里,秋实找到了她的平衡点。工作以后，说是为了有急诊或值夜班时方便，她在县二院要到了一间单人宿舍，基本不住在家里。这一做法当然招致了一些非议，但很短暂，因为除了一个人住，秋实并没有其他更多的行为。当然，秋实还是像以前那样喜欢买衣服，她甚至有时会坐很远的长途汽车到南京去逛商店，许多同事对此很看不惯，觉得秋实是个花钱的主儿，是个中看不中用的衣服架子，但秋实在她上班的时间永远只穿工作服，她买的那么多衣服似乎纯粹是为了欣赏或收藏，为了满足她的某种精神需求。人们于是又闭上嘴巴了，只好在心里面暗自嘀咕：不穿，买那么多衣服干什么？

即便如此，秋实在二院门诊部还是相当引人注目。内科的男性病人尽管一个个患病在身，但如果是在排秋实副主任的队，他们就感到这种等待是可以忍受的，虽然这种等待的确较为漫长。因为每一个轮到自己的男病人都想跟秋实多黏糊一会儿，为此他们会过分详细地向秋实描述自己身体的每点不适："我的肚子左上方时常隐隐作痛。""只要一吃香蕉，我就会偏头疼。""我咳了一个多月了，每次咳，胸部都一抽一抽的。""我四天才大一次便，而且干得像石头。"即使是女病人们也会拖延时间，因为她们有另外的好奇心，她们想看看，秋实是否真的像男人们所说的那么漂亮，她是不是妖里妖气，眼睛会勾人的魂？

秋实戴着老式的白帽子，包住她所有的头发，白大褂一周才洗两次，下摆稍稍有点儿发黄。只有领口那儿，有时会露出一角丝巾或杏黄的衬衫翻领。她的态度淡淡的，既不过分热情但也称不上冷漠，她不讲县城的方言，还是像在医学院时那样讲一口普通话，这在一定程度上使她和病人间保持了一种难以逾越的距离感。对男病人超出正常时间的注视和病情陈述范围以外的聊天，她会尽量礼貌地迅速合上病历，把脸转向门外，用清脆的没有感情的普通话喊道："下一个。"

尽管秋实的表现非常得体，但那些原以为有机可乘的男人们还是觉得失望了，他们的病很快好了，不再到二院的内科挂秋实的号了，他们还像狐狸一样酸溜溜地给秋实取了个绰号——秋美人。秋者，冷也。讽刺秋实过分冷漠。

但有一个病人，却像得了严重的慢性病似的几乎每周挂一次秋实的号。病人叫周传德，架势挺大，但风度不行，衣着举止一望而知是乡下长大的粗汉子。秋实根本不拿眼睛好好看他，周传德认为他得了胃病，每周都来开点"胃苏冲剂"，开药的时候，周传德会涎着脸皮搭讪几句，做点自我介绍，夸秋实沉着大方等。秋实就当没听见，周传德倒也识相，药开完了也就走了，下次再来，周而复始，没完没了。

秋实有时会拿眼角瞟瞟周传德厚重粗壮的背影，她想起从前在医学院的那些男生们，他们体态高挺、谈吐不俗，那才是她心目中可能接受的爱人形象。但两年多的恋爱游戏玩下来,秋实很快意识到,外表出色或才气横溢的男人常常用情不专或生性多疑或自私小气,这往往令秋实无法忍受,哪怕只是一秒钟,这是秋实与一个又一个男生闪电恋爱闪电分手的主要原因。工作以后,秋实有点儿倦了,同时,她认为她的恋爱体验已经足够丰富,下一步,应该考虑结婚的对象——结婚,这与恋爱是两码事,要排除一切感情因素。思前想后,秋实冷静地给自己定下了一个重要标准:有钱,很多钱。

秋实对金钱如此看重的原因也许应该归罪于(还是归功于?)整个时代的趋势。在20世纪90年代中期,人们对金钱的渴望甚至远远超过了对性自由的向往。那句名言在一夜之间传遍大江南北,人人引为人生信条:钱不是万能的,但没有钱是万万不能的。第一批富起来的大款们以暴发户的勇气竭尽张扬之能事,刺激着大批还没富起来的人们以更大的热情投身铜臭泛滥的商海大潮。秋实在医学院的最后一年接触到几个校外的男人,他们当中其实并没有真正的有钱人,最多只是初涉商海或者略通门道而已,但他们的做派和观念给了秋实很深的印象。秋实似乎领悟到命运给她的暗示:她适合嫁给一个成功的商人。

那个周传德算得上是什么人呢?从他自说自话的介绍中

秋实可以知道，他在县城做的是鳗鱼生意。县城挨着东海，此处的水温、水流、气候都刚巧适合鳗鱼生长的需要。鳗鱼肉质细嫩、鲜美异常，在城里的餐馆里是一道长盛不衰的水产菜，因而价格奇贵，有"软黄金"之称，一些头脑灵活的郊区农民尝试了人工养殖，然后倒卖到大城市的餐馆里，从中赚了不少钱。听周传德的意思，他不做具体的养殖，但全县所有要送到外面的鳗鱼都由他来负责组织运输，收购的价格全县统一，但出手的价格就由他根据季节和供需及各个城市的消费实力自行调节了，一进一出之间，就是周传德的利润之源。周传德看样子是发了不少财，他的手上有一枚戒指，不是那种令人反感的黄金，而是泛着柔和光泽的铂金，是不是铂金呢，秋实也不能确定，她好像在一家杂志上看到过介绍，但她绝对不会去问周传德的，那会让他得意得药都忘了开的。再说了，没准周传德只是在吹牛，什么"鳗鱼大王"，说不定只是个地地道道的渔民，瞧他全身那味儿，人还没到面前，一股子隐隐约约的鱼腥气就扑面而来了。

　　周传德的求亲之路在秋实这里进入了一个漫长的搁浅期。而这个时候，他的业务又开始了另一个高潮，以前，他的出货范围主要在省内或邻省的大小城市，但最近，通过一些迹象和关系，他嗅到了南方的市场需求。但是要把新鲜的鳗鱼运到南方，那意味着他将要让鳗鱼坐上飞机，可是航空费，那是多大的成本！这是超出他经验范围的。周传德思考了整整半个月，未知的利润吸引了他，他决定冒险一试。他在做出决定之后就乘最快的火车赶到了上海，并买了当天的航班赶到广州。这次他只带了一小批货。事情出乎意料地顺利，广州的两家酒店甚至另外给了他一笔订金，要求长期供货。周传德再接再厉，在附近的几个城市又逗留了几日，另外谈妥了不下十家的买家。他要确保自己运到广州的每一条活蹦乱跳的鳗鱼都能卖个好价钱。

周传德踌躇满志地回到了县城，他一算，前后已有一个半月没有去县二院了。次日一大早，他赶去挂秋实的号，走到医院，才发现是星期天。他心有不甘，这趟广州之行似乎给了他更多的底气，他很快找到秋实的宿舍，莽撞地敲了门，一边敲一边报上自己的名字。

"你有什么事？"秋实的普通话听不出明显的拒绝，可能她星期天一个人在宿舍也很无聊？可能是好久没有露面的周传德产生了意外的吸引力？

"我……我胃疼得很厉害……你，你一直帮我看的，最了解我的病情。"周传德因为紧张而有点儿结巴，他最终还是以一个病人的身份说出他的来因。话一出口，他很恼怒，他为什么不能直说：我就是想来看看你呢？

果然，秋实的语气里有了淡淡嘲笑："你真的觉得你的胃有毛病吗？我这里又没有药。"

"你有药。你就是药……可能吧，就像你认为的那样，我的胃没什么毛病，但真的，我一想你，它就疼了，现在它就在疼……不信你开门看看，我真的疼得受不了了……"周传德一边说一边轻轻地极有耐心地敲门。周传德突然感到一阵绝望，他想，她要再不开门，自己还不如疼死算了。

可能是被打动了，可能是被敲得心烦意乱，秋实真的开了门。周传德倒吓了一跳，他的手停在半空，好像一旦停止敲门就不知道干什么才好似的。但是他的另一只手很有主见，因为另一只手一直插在口袋里，在口袋里，有一个小小的盒子，里面是一枚他从广州带回来的铂金钻戒。那是用酒店给他的订金买的，他拿过订金时心里就美起来：订什么鱼呀，我要订的是秋实。

接下来的事情就有点儿落入俗套了，钻戒华美高贵的光泽战败了那丝若有若无的鱼腥气，更主要的是，周传德确实有一股成就大事的气势，这让秋实感到踏实。现在，因为周传德提供了源源不断的销货渠道，县城里很多效益不好的工人都转而搞起了鳗鱼养殖，他们依靠周传德养活了全家，有的甚至发了点小财。周传德的确像他跟秋实说过的那样，是"鳗鱼大王"。

1995年，县里面第一次评选"十佳企业家"的时候，经县报公开投票评选,周传德排在了第一位。他的放大照片被高高地挂在县委大院里的光荣榜上。这一年国庆,秋实终于把周传德带回家中,这时,他们已经谈了快两年了,家里人却始终没有见过周传德,因为秋实总说她的考验还没结束,决心还没下好。但母亲听出,秋实是根本不想让家里人提参考意见,等她自己决定好,那谁也是改不了的。

秋实把周传德带回来的时候,他出手阔绰的见面礼让父母皱起了眉头手足无措,不知道该全部收下还是收下其中一部分。陈善材在一边说:"收下吧,不过是九牛一毛,爸、妈,您二老不知道,周传德现在可是个大人物,我每天走在县委大院里都要参拜他的照片呢!"陈善材的口气好像有点儿酸,因为他那时候还是个较为清廉的小科长。周传德像没听出陈善材的言外之意,随之拿出了给他们一家"不成敬意的小玩意儿":一根18K的细链子给春华,一辆四轮驱动的无线遥控野战车给哲光,一条正宗的金利来斜条纹领带给善材。全是从广州带过来的。陈善材这下也有点儿不好意思,他对刚上一年级的哲光说:"还不快谢谢姨父、谢谢秋实姨!"陈善材的这话一下子让周传德高兴极了,可不,他可不就是哲光的姨父!父母的表情也松动下来,开始他们对周传德的钱有点儿害怕,但听善材一说,人家还是县政府评出的"十佳企业家",看来秋实的眼光还是不错的。

这个国庆节的家宴，两位老人吃得挺开心，桌上，他们决定：元旦就给周传德、张秋实把婚事给办了。秋实恰如其分地红了红脸，周传德激动地给未来的岳父岳母连敬三大杯白酒。

晚上，母亲用家里新装不久的电话给大双打了个长途，告诉她秋实的婚事，大双说，她争取回来参加，而且还要带上刚会走路的小家伙。其实，李军的援藏期限早到了，但大双一直赖着不想回来，她的理由是，她在那儿做小学老师，心里面觉得挺好，她要回来了，谁去教那些小孩呢？话说得简直能登到报纸上，谁劝她都不愿回来。

周传德的人生大喜在他的新婚之夜才真正到来——他因为过分的喜悦而忘乎所以，他不顾时间已过了子夜十二点，打通了岳父家的电话，是睡意蒙眬的母亲接的。母亲在嫁第一个女儿春华时，曾哭了整整一夜，小双之后，她才知道，能顺顺利利地嫁女儿，真是件大喜事。秋实结婚那晚，她睡得很早，而且一下子就睡着了。

周传德跟母亲打了个招呼，支吾了一声说："请爸爸接电话。"父亲狐疑而担忧地与母亲对视了一眼，当他刚刚把耳朵贴到听筒上，就听到周传德激动而语无伦次的话："爸，她还是第一次。你家秋实还是个黄花女！我，我没想到……我以为早就……我听人家说，她那时在医学院可疯啦，一个男生为他磕断了鼻子，还有一个男生为他受了处分……我只是喜欢她的长相，她的性格，可没想到，她还会给我这个惊喜……"

不知道为什么，父亲在那一刻突然怜惜起秋实来，他想：这个周传德其实还是不懂秋实。不等周传德说完，他就轻轻地挂了电话，母亲连忙问是怎么回事，父亲淡淡地说："他喝醉了。"于是母亲接着去睡了。父亲却一直失眠到天亮，他在想：秋实听到周传德打那个电话时是怎么想的呢。

七

如今只剩下小五一人独住在那间充满姐妹们芬芳和回忆的房间。原先象征性地为秋实保留的一张床也随着她的结婚而被一天天堆满了旧衣服和棉花胎什么的。房间显得大而空旷了。

与姐姐们相比，小五的青春期姗姗来迟。尤其是她的意识，好像总是停留在她小时候……走到厨房，她能看见春华在那儿帮母亲洗碗，粗辫子在腰间发出乌黑的光泽；走到镜子前，她看到秋实在里面偷偷试春华的新衣服，细长的身子扭向左扭向右，观察不同角度下的效果；走到房间，她听见大双、小双缩在被窝里窃窃私语，她们说得声音太低了，小五怎么听都听不清到底说的是什么……每当幻觉如期而至，小五就会感到一阵慑人的心醉神迷，她觉得自己又重新回到了无知而温暖的童年，她似乎只要一伸出手去，就能碰到姐姐们的衣服、头发、身体……

父母现在是太老了，老得就像小五的爷爷奶奶。春天他们喜欢忙着在院子里种点小花小草，夏天的晚上就坐在黑黑的院子里乘凉，不肯用空调，秋天、冬天就坐到隔着玻璃的阳台晒太阳，一边照应竹竿上晒着的好几条被子。冬天里，家里的十几条被子都被他们晒得香喷喷的，母亲说："晒热乎了好，没准，大双会带着小家伙回来过年呢！没准，秋实想回家住两天呢。没准，哲光又想外公外婆了呢，三岁以前，他睡觉都搂着我脖子呢。"

小五笑着同意母亲的设想。事实上，她知道，谁都不会回来住。就是秋实偶尔回来瞧瞧，也是一阵风似的，从不留宿——其实她回家还是一个人睡。周传德总是在外面跑，他现在不仅仅做鳗鱼了，他还用他的钱四处找项目投资，要赚更多的钱。他太忙了，忙得来不及吻秋实，县城的这个家仅仅像是他的一个带家具和女人的旅馆。秋实过得到底怎么样？她从来不说，母亲也不会去问。因为自从她上了医学院之后，再也没有跟母亲谈过任何心事。母亲心里很伤心，觉得在秋实面前失去了做母亲的某种资格和权利。但秋实经常会到小五的房里坐坐，这也是她从前睡过的小房间。她关上房门，无声地坐着，悄悄地点上一颗细长的烟，但不抽。烟雾升起来，围绕着她，淹没了她。她像在回忆，或在沉思。她在想什么，想医学院的那些男朋友？她曾经真心爱上过其中的谁吗？秋实忽然想起她从前带着哲光跳迪斯科的样子，那是很久以前的事了吧。

20世纪90年代末，高考的竞争越来越激烈，一句"知识改变命运"的名言从北京传遍东西南北，当然也传到了县城，老师们把这句话写成又红又粗的大字高高地挂在教室墙上，他们像农民侍弄庄稼似的起早贪黑给小五们灌输各种类型的考题。小五的眼睛近视了，她架起了眼镜，因为缺少运动，她显得有点儿胖，好几年没听到有人说她漂亮了，不过小五早就不在乎这些东西了。小五想，有什么呢，她什么没见过？她见过姐姐们因为好看而被人夸得垂下眼皮，见过姐姐们因为第二天要穿新衣服而激动得夜里爬起来看钟，见过姐姐们带回来的那些被夹在作业本里的约会小纸条儿……有什么呢，一切都被姐姐们在她面前活灵活现地演绎过了，她在做观众的同时也就体验过了，青春期在她这里，还有什么令人激动的新鲜事儿呢？可能只有一件吧——考上一所名牌大学，像高二的一位老师有次意味深长对她说过的："小五，我认识你爸很早了，你们家姐妹五个，我都教过，说实在的，我最看好你，因为你最没有特点，甚至不引人注意，这对你这个年龄来说，可能就是最好的特点。要是你们家只有一个人能考上北大清华，没别人，只能是你。"

在小五高考之前，家里又发生了一件事，不，应该说，是小五发现了一件事。那天，姐夫善材喝醉了又到母亲家来午休。陈善材现在是分管商业的副县长了，权力很大，应酬也多得吓人，几乎长年累月都处在一种醉醺醺的状态，由于母亲家靠县政府近，中午，他要是喝多了，就会到这里来躺一会儿。

这天，陈善材刚躺下一会儿就又趴到床边上吐，他身上的马甲也给吐得满是污迹。父亲母亲两个人翻动着县长女婿发了福的身体，把他那件脏马甲扒了下来。母亲把马甲扔给走来帮忙的小五："去，把兜里的东西掏出来，妈一会儿去洗。"

马甲散发出一股难闻的酒肉臭，小五屏住气开始掏里面的东西，笔、名片、发票、打火机什么的。马甲里面还有两个暗袋，其中一个里面，是陈善材的手机，手机进入县城不久，陈善材和周传德就各人都有了一个，这曾经让母亲很是感叹了一阵，为自己的两个女婿感到小小的自豪。在另一个暗袋里，小五掏出了一个奇怪的东西，有两指那么宽，密封得很好，捏上去像是有点儿弹性——小五确信她从来没有见过这玩意儿，在报纸保健版上看到的一些常识使她突然有种暧昧的预感，终于，她从外包装上言简意赅的几句使用方法上知道了这是一只安全套。

小五马上抬头看了看四周，陈善材打起了呼噜，母亲在厨房放水，父亲可能又到院子里晒太阳去了。小五迅速地把这东西藏起来，别的那些发票名片什么的则全都放在床头柜上，陈善材一醒来就可以看到。

小五想起来有点儿庆幸，要是让母亲看到了这东西，母亲会怎么办？还好，事情就在她这儿戛然而止吧。她不会去告诉其他任何人，包括春华。以小五了解到的情况，春华在生了哲光之后就采取了措施的，即使没有，这玩意儿也只会放在善材和春华的卧室里呀，有必要这样随身带着吗？只有一个可能：陈善材另有其他女人。这样的推理让小五感到很恶心。小五想：算了算了，都要高考了，这根本不是自己想的事儿，就当没发生吧。不过出于一种习惯，小五还是把那只让她感到恶心的安全套装在一个旧信封里收了起来。

几天之后，陈善材中午又来了，不过他这次没有喝醉，他提着一个大西瓜。刚刚才进6月，西瓜一定很贵，母亲直心疼。陈善材说要谢谢母亲帮他洗了吐脏的衣服。其实这并不是第一次，以前，陈善材曾把半边床单都吐得带汤挂水，洗一件小小马甲算什么。陈善材一边满口称谢着，一边注意地看父母和小五的表情。小五知道陈善材发现他丢东西了，小五淡着一张脸，扭头进房里继续看书。陈善材坐着跟父母扯了一会儿闲话，他还体己地提起了老话题："爸妈，你们再打电话劝劝大双，别认死理了，李军的援藏期限早就到了，可以回来了，何苦戳在那儿呢？我这里位置都给他留好了，行政下面三产的负责人，很实惠的……不要再拖了，再拖下去，我的工作就不好做了……"

陈善材在外面聊了一会儿，就转到小五这里，他翻翻小五的书，停了一会儿，像在考虑如何开口，最后他还是说了："小五，那天你帮妈收拾我的马甲……没看到什么吧？"

小五没有抬头，只是哗哗地翻着书，一边说："你可要对我姐好一点儿，要不然，我可不饶你！"在一个旁观者听来，小五的回答完全文不对题，但事实上，陈善材心里有数了，他愣了一下，很快装着爽气的样子："那是那是，那还用你说嘛！"

小五的隐瞒和暗示并没有挡住陈善材的外遇之心，可能，陈善材觉得自己是在赶时髦吧，那时候，稍稍有点儿想法的中年人都比赛似的在进行一场又一场的婚外恋，甚至在电视电影里，第三者的形象都要比原配的妻子要可爱体己得多。陈善材在得意之时大概太粗心了，最终让春华发现了他的出轨。春华连夜收拾了衣服驮着哲光就回娘家了。

离高考只有一个月了，父母把小五的房门关好，在客厅里小声地跟春华商量对策。哲光做完作业先睡下了，睡在母亲刚刚收拾出来的一张床上，这张床，说到底，最早是春华睡过的呢。幸好母亲是勤于晒被子的，床铺发出一股淡淡的太阳味。小五无心看书，这样的晚上，多看一晚与少看一晚有什么区别？还不如听听春华他们说话。春华所在的服装厂江河日下，收入低得可怜，没有下岗已是看了陈善材的面子。好在陈善材的收入也够全家花了，春华的心思根本不在单位，她让哲光报名学了钢琴和武术，整天一颗心扑在哲光身上。她是再也没有想到自己的婚姻会出任何问题，她一直像电视里的那些老婆一样素面朝天、不修边幅。

小五听见春华在外面哭了一会儿，然后强忍着哭声说："离，一定要离，我一个人带着哲光，还怕过不下去。"

外面静了一会儿。母亲可能也在哭，她慢慢地说："春华，你不会怪妈吧？想不到，当初我们千挑万挑的人会是这么个白眼狼，想当初，他也不过是财务科的小会计……"

父亲压住怒气的声音："现在不要再说以前的事了，快商量个办法，他是个国家干部，上面就没有人管了？春华，你说，只要你下得了决心，我拼出个老命也要把他告下来！"

母亲却又缩回来："那怕不行吧,这事不是别的事,谁管？再说，他到这一步也不容易，这么个小地方，他臭了，我们又有什么面子？最好是悄悄地把这事给了结了才好……"

哲光翻了个身，说出几句梦话。外面显然也听到了，他们停止讨论，继续思考起来。

过了一会儿，又是春华抽抽噎噎的声音："哲光，钢琴学得还不错，就是一节课要四十块钱，要不是那该死的东西找了熟人，要六十块呢！想到哲光，我又很矛盾，我怕孩子跟着我过条件太差……"

"你有没有跟陈善材谈过，他要肯改掉，你就给他一个机会，权当是看在哲光面上……"母亲的语气软下来。

哲光，最可怜的是哲光……

小五简直想把耳朵捂起来，她知道，听不听下去都一样，最后的结果必定是妥协，向陈善材妥协，以让他改过的名义。小五想起春华结婚的第二天，母亲坐在朝北的阳台一边流泪一边改春华衣服的情景，那时，她是第一次看到母亲哭，她当时还发誓不结婚的呢。有一段时间，小五认为那个誓言太幼稚可笑了，但是今天看来，那个誓言没准是最富有远见的。结婚有什么意义？想想三个姐姐，她们谁有勇气大声地说她们结婚过得很幸福？像春华那样千挑万选也罢，像大双那样随便嫁了也罢，像秋实那样体验丰富了再嫁也罢，全是殊途同归，总会导致彼此的厌倦，要么在厌倦中窒息着苟活，要么在厌倦中背叛逃离……可能还是小双最得天机吧，她对所谓的爱情浅尝辄止，然后就猝然全身而退了，她还从来不知道世上有结婚这种可笑又可怕的方式吧……在哲光均匀无知的呼吸声中,小五重温了她幼时关于永不结婚的誓言。温故而知新。

一个月后的高考中,小五不负众望,考入了上海复旦大学。父亲非常激动,在小五拿到录取通知书的那天晚上,开了一瓶新酒,这是周传德初次拜见时送上的一瓶茅台,他陈了好久,一直不舍得喝——也可能父亲一直没等到他认为的喜事。不过父亲还算不上真正的酒鬼,他喝了一口,就嫌味道太冲,然后重新倒了一杯他常喝的简装洋河大曲,他喝得很高兴,母亲给他买了一碟猪头肉,他却一口没尝。

在父亲的酒香中,小五也有点儿微醺了。小五想,父亲现在应该忘了自己不是个儿子了吧,女儿并不总是绣花枕头……很快,小五从短暂的自我膨胀中清醒过来。因为她突然开始担心起来,她收了那么长时间的那些破烂玩意儿怎么办呢。人为什么总要离开一个地方,而不能一直停在那儿?怪不得父亲以前发火时会拍着桌子骂:"早点出去,你们迟早反正要出去!没有一个能留下的……"

母亲没动筷子,她努力地笑着:"你瞧,一个接一个儿的,小五,现在你也要走了……不过,你走得最让我高兴!我舍得,我心里面不难过,我不会想哭,我心底里还高兴着呢……"

"爸妈,你们放心,我念完大学就回来,我会一直陪着你们的……"

"小五，你在逗妈妈开心啊，你哪会回这个县城工作？再说，你将来不嫁人？不给妈带一个小女婿回来？哎哟，这孩子……"母亲笑出了眼泪，她以为小五在开玩笑。没有人相信小五心里的决心。

四年以后，小五工作了，她回了南京，因为这样离县城近一点，坐汽车只要四个小时。小五每一次回去，家里人都会因为她的每一点变化而惊叹不已。现在经常有人说小五有气质了有味道了，她的粗眉毛，她不那么大的眼睛，她不那么白的皮肤，都是大都市里最洋气的长相。小五有时会摘掉框镜戴上隐形眼镜，她还把头发染成深栗色的了，她到东方商城、金陵饭店或湖南路买衣服，她关心环保问题，订英文报纸，只看译制片或带原声的碟子，她每年献一次血，她跟几个同性异性合租一套房子，平均两年换一次工作，偶尔谈一点恋爱但决不动真情，没有人听小五讲过她家里的事，她好像没有往事，没有记忆，没有真情……在大街上看到小五，人们会管她这样的叫小白领或伪白领，人们觉得这样的女孩子很难捉摸，没人跟得上她变化的速度……不过，事实上，很快，小五就要过时了，因为又一批更年轻更冷酷更没有心肝的又成长起来……但真正使她意识到这一点的，是笛子的突然出现。

小五其实从来没见过笛子,但当笛子突然出现在小五面前时,小五忽然有了一种痛苦的、令她不适的预感,她觉得头脑里嗡嗡直响,很奇怪,但那是真的——一看见笛子,她就想起了她很小的时候及小双死的那天她做过的那两个一模一样的关于巨大发夹的梦。小五避免直视笛子,但笛子一直走到小五面前。笛子向小五伸出手:"张小五,你是新来的吧?"

"你是谁?"小五忘记了她一贯熟稔的社交礼貌,却像一个县城的小姑娘,对突然来到家门口的陌生人发出警惕而好奇的询问。这一瞬间,小五终于意识到,不管她如何变化,往事其实一直就待在她的旁边,中间可能只隔了一层空气,她都不要回忆,就什么都清晰了。

"我……我是你们公司的合作伙伴,我在一份策划文案上,看到你的名字,我就想,你是不是张老师家的小五……你刚刚跳过来?真是太巧了……"

"你是……"

"我,你可能不认识我,但我认识你的姐姐……大双和小双。"

小五与笛子的第二次见面约在一家小茶馆。小五情绪很不平静,但她有力地克制了这一点。她想,本来,应该是大双或者小双跟笛子坐在这里。小五戴了一个长方形的淡茶色框镜,穿了小一号的复古式鹿皮紧身衣,手上戴了一个纯银镂花的戒指。在小五看来，穿西装扎领带梳小平头的笛子并不是那么帅，举止中庸持重——在人群中根本不会引起特别的注意。也许，他的最富有魅力的时光已经停留在了县中那两个女孩心里。

"我本来以为，我再也不会碰见你们张家的姐妹了……"

"碰到和碰不到有什么区别呢？"小五的语气显得不那么友好。

"是啊，就像你这样，可能你们家的每一个人都非常恨我。"

"不会的，最起码小双直到最后一刻她都那么喜欢你，喜欢得她都活不下去了……就是大双，也难说，如果你有勇气追到西藏，没准你会让她找回当年的感觉……你是否觉得有点沾沾自喜，你让我的一个姐姐死了，而让另一个远走西藏？"

"小五，你别损我了，你到底不是小双、大双，你根本不认识我……你知道吗，这么多年了，从县城传来的消息一直像个十字架一样地背在我的身上，我经常会碰到县中出来的校友，他们故作平淡却又不厌其烦地向我描述他们所知道的关于小双的死，他们一边说着，一边暗暗地观察我，他们假装惊叹我的狗屁个人魅力，然而实际上他们却在心里面骂我是个刽子手。你知道吗，我实际上曾经是他们所有人的情敌，因为大双、小双几乎吸引住了我们那几届所有的高中男生……可是实际上，小五，你替我想想，我做了什么？我做了每个人在那种情况下可能做的事情，我只是寄了个发夹，适合于任何女孩子的发夹，那个发夹很贵，我只能买一个。发夹上又没有写字，跟长发短发有什么必然的关系吗？短发很快就会变长，而只要一把剪刀，长发就会在瞬间变成短发，发夹能说明什么呢。我怎么知道她们会那么在乎我？而她们联想会那么丰富，小双的神经又是那么脆弱，会钻牛角尖……"

"你干什么？你找我来就是为了推卸你的责任？你的意思我懂，你最无辜你最纯洁，是我的两个姐姐自作多情还争风吃醋白白找死！"小五把泪生生地逼回去，同时愤怒地想，小双，你怎么会因为这个家伙去死！

"不是，小五，也许我刚才太激动了！你别生气，我只是在向你倾诉，你知道，我一直活在小双之死的阴影下，她让我笑得没有声音，让我吃得没有味道，我不敢看到任何一个城市的护城河，我不敢在白天回到县城，怕在街上碰到县中的同学……最可怕的，她让我不敢与别人接吻或上床，甚至只要我与一个女孩接触多了，我就在想：我这样多对不起小双哪，她都为我死了……小五，我活得简直一点趣味都没有，我一直想要找一个人这么说一下，替我自己辩解一下……你不知道，小五，这个人很难找，因为所有了解这段往事的人对我都带有一定的偏见，当然，你也是，你对我看来不仅仅是偏见，还有仇恨，可是你公正地说说看，我到底做错了什么？"

小五低着头喝茶，这茶太浓了，像酒一样烧嗓子。小五想，我还是替小双问一句话吧："那你说实话，你当初喜欢她们当中的哪一个，长发的，还是短发的？"

"这问题有很多人问过我，你要听假话还是实话？"

"分别说说吧。"

"我一般跟那些人说假话，我说，我其实喜欢的是小双，我寄那只发夹是希望她还是把头发留长，因为我喜欢她长发的样子。很多人听到这个结果都唏嘘不止，沉浸到那个时代的纯洁和幼稚中去，这让他们在无意中削弱了对我的谴责，他们会反过来劝慰我……"

"那么你的意思是，实际上你喜欢的是大双……"

"也不完全对。我的实话没有人会相信。最真实的情况是，我喜欢她们两个，不，准确地说——在我的眼里，她们是合二为一的，我没法把她们分开——我这话可能太荒诞了，没人会信的，说了，他们准会骂我无耻，在信口胡诌以逃避责任……实际上，我知道，要真正分清她们两个并不是很难，可是你知道吗，我觉得她们只有站在一起才是完整的、完美的。我让自己偷懒，完全不去寻找她们的差别，我对自己说：

我根本分不清她们两个……不错,她们当中有一个剪了头发,可是,对我而言,头发根本就不是标志,我从来没有想过要把她们区分开……再说,剪过头发之后,我实际上只见了一次。当然在那一次,我的确注意到短头发的话要多一些,动作很潇洒,有点儿像男孩子;而长头发的那个,很羞怯,她从头到尾没有跟我说话,但是她的脸在最后却红了起来,那种红,看得我真想用手去轻轻拂一拂……我连忙骑上自行车走了,这时我听到清脆的口哨声,我知道她们两个人当中有一个会吹口哨,以前,我从来不敢回头去看,那天,我想我都要上大学了,都要离开县城了,还是看一看吧,于是我回过头……可是口哨却突然停了,像一只蓦地飞走的小鸟。我在一瞬中把视线掠过她们的嘴唇,可是没有任何迹象……到底是谁吹一口那么好的口哨呢,我喜欢那口哨……我后来再也没听过女孩子吹那么好听的《上海滩》了……"

小五听得泪眼婆娑。没有意义了,何苦再问下去。那些往事,尽管在当时曾像开水一样的沸腾。可是现在,全没了,像水一样地蒸发啦。啦啦啦。

小五决定还是离开这家公司,她不能忍受经常会碰到笛子的生活,那让她与往事靠得太近,简直无法呼吸。经过那次发泄一般的交谈,笛子现在好像逐渐解除了心里的包袱,有一次,小五甚至看到他搂着一个女孩走在中山东路的林荫大道上。

　　在跳槽之前，小五又回了趟县城，看看父母，父亲开始掉牙齿了，而母亲的头发全白了，走路时喜欢扶着东西。他们高兴地围着小五，像两个小孩围着刚刚下班的大人，他们认真地听小五随便说出的每一句话，一边听着一边点头。母亲最高兴，特地烧了一盘糖醋鱼，一个劲儿地往小五面前推："这是你最爱吃的，我好几年没烧了，多吃点儿多吃点儿……"小五尝了一口，醋放多了，酸得她没法嚼，可是小五故意吃了很多，好像她真的很爱吃。实际上，母亲记错了，最爱吃糖醋鱼的是大双和小双，那时母亲总是一次烧两条，而她们却总是谦让着，让对方吃一条大些的……

　　在县城的最后一天，小五一个人悄悄地走到郊外的林子里，她要把那些玩意儿挖个洞给埋掉：春华买给父亲的精装洋河酒盒子、春华与陈善材第一次相亲时穿的那件带金丝线的两用衫、被秋实撕碎后又仔细拼好的医学院录取通知书、秋实翻录的迪斯科磁带、周传德可笑的旧病历、大双小双用过的各种扎头绳儿、笛子的复习资料、笛子寄发夹时所用的那个小小包裹盒儿、李军当年写给大双的一扎信、善材的安全套、哲光小时候穿过的一双虎头鞋……真是一堆没用的破烂呀，散发出的陈腐之气让小五直打喷嚏……对着挖好的深洞，对着即将埋入深洞的那堆破烂，小五突然张开嘴巴，大喊起来：姐姐——

　　光秃秃的树林里刮起一阵冷风，灌了小五一嘴，她像个老人似的猛烈咳嗽起来。

　　　　　　*十月*2003年第4期

名家点评

五个姐妹如同镜子，照出了一个小市民家庭的艰辛、屈辱和近乎徒劳的挣扎，照出了心比天高、命比纸薄的青年女性是如何如花之凋零而折损了她们的青春、梦想与美丽。小说的视角定在最小的女儿小五这儿。小五从那些故事中不但看到了姐姐的过去，更看到自己的未来。小说中有一个细节，说小五总是喜欢收藏家里人丢弃的一些东西，大部分是姐姐们留下的物件，这是她们成长的痕迹，在小说的最后，小五把这些珍藏多年的物件带到了郊外的林子里埋掉了。这个细节显然是具有象征意味的，是小五，也是叙事人的一个隆重的祭奠，小五埋掉的是一段历史，是姐姐们的青春记忆，更是她的少年心事，对生活最后的一点期待。

文学评论家　晓华、汪政 ++++++++++++++++

名家点评

小说在并不刻意的追述里，伤怀不已地究问无法重来的成长，还让我们思索长辈对孩子的世界的隔膜，也从老师"没有特点"就是"最好的特点"的话来咂摸排斥个性的教育对正常发育的身心的脆弱化影响。这部小说最为动人之处在于叙述的语气里浸透着爱感，在单调的成长之路上柔情蜜意地散落着小小隐私的花蕾，以不可磨灭的清纯羞怯地吐露清芬，并浸染到成人之后的人生之旅。这部中篇，也看作鲁敏找到精神故土并逐渐清晰自己创作的人文向度的起始标志。

文学评论家　施战军 ++++++++++++++++++

创作谈 /

我喜欢考察这些从伟大的"现代化"生活中滋生出来的增生品,早一些的《暗疾》《企鹅》《致邮差的情书》,可能比较个人化一点,写的是性格隐疾、人际隔阂等,但到了《铁血信鸽》《惹尘埃》,就是所涉更广的人群高发症:养生狂热、信任危机、不安全感等等。这类小说思辨性较强,其人物或故事,似无正负与成败,小说也不以"救赎家"的姿态去指明结局——你所提到的"主题先行",我早有自知,但我绝不后悔,甚至还打算我行我素,我就想抛弃和背叛我原来所有的圆熟的技术,完全像一个生手,诚恳而冷静地处理,尊重并追随它们的明暗规律,以及不可侵犯的歧义性。

一个危险的带刺的、偶有破绽的小说,或是一个老到的、审美安全的、极易获得掌声的小说,我宁可选择前者——最起码,那不会是一个乏味的小说家。摸索与征服,实乃颇为华美的滋味,像在与小说跳一曲无伴奏的双人舞,我们相互踩脚,我们寻找步调,并尝试创造出令人惊奇的新节奏、新空间。

鲁敏、李云雷:《与小说跳一场危险的舞——与李云雷的对话》

《北京青年报》2011年1月6日

细细红线

一

不同的年龄阶段，人们对世界与生活的实用哲学往往大相径庭。同一事情的两个方面，恰如一墙之隔，脚一伸，想法就变了。

譬如，有一个关于婚姻取舍的说法，在她的学生时代非常流行：找一个爱你的人，比找一个你爱的人，会更加幸福——似乎很精明吧，学生气的利己主义，宿舍里的夜谈中，得到大多数女生的赞成票。

不知别的女生怎样，有否真的践行，反正毕业后不久，个个都有婚讯传来。她也有喜讯传出去。并且，她是很当真的，按照"被爱"大于"爱"的原则。果然，婚姻安稳，钢筋水泥浇铸的一般，简直结实极了。

但不久，她终于知道，结实并不表示好，甚至可以说是不好，是彻底的荒芜。

可现实情况已是这样。她想：就算知错，也不能改、不必改了——生活本身，即是一出大悲剧，各人程度不同而已。

不过，出于女性的自欺，她还是给了自己一个小小的自由：内心里，像房间一样，总空着一间。如果，一个假设：将来能够碰到那样一个人，就要请他进去——她这人，一向讲究规矩，但绝不胆怯：忠于内心，难道不是最重要的吗？

这样，又过了好几年，也有了孩子，她已不十分年轻了。她与丈夫，兄妹般的，骨肉相连，好像比爱情还要高上一筹。可是她知道，那房间，一直还是空的。

当然，这些年，国道世风变得很多。跟她的少女时期大不同了。一切那么宽松，四面竖起人性、享乐等各样的幌子。包括她，也常常听到那些幌子在风里飒飒有声。风动，幌动，心也在动。世界上似乎已没有什么东西能够静了。

故而，对自己的那间"空房子"，她并没有十分的自责，反是怀着一种镇定的、若有若无的心态，一边过着日子一边等。

二

却来说他。他跟她，本来无涉，如同南京与杭州，北京与西安，各是各的城，各过各的活。可现在是什么社会啊，总会超越距离、超越常情，没有什么不是不能连起来并发生关系的。

开始是因为他的声音。

说起他的音质，其好，令人绝望，但凡听过，直抵五脏六腑，如被狠狠打击，几至灵魂出窍，怎么也忘不掉，怎么都想占有——总有人不假思索地说他有一条"性感"的声带。"性感"

一词，俗气了，但在某种程度上，还是准确的。

刚入行时，他做译制片的配音，那些性格独特、身世曲折的绅士主人公，使他的音质发挥到第一个高峰，不同的角色似乎赋予了他更多的个性：神秘、智慧、品味不凡，乃至让观众产生错觉、移情别恋。某些职业，往往就会占到这个便宜：他不一定具有的品质，旁人偏偏都会想象他有。他的第一批崇拜者就此产生。

不过译制片么，从选片到进口许可，到翻译与配音录制，及至后期合成，各环节的操作，都带着追求艺术性完美的神经质，而这种软磨硬泡的追求，是什么结果呢？无疑，其节拍大大慢于需求，何况还有电光石火般的替代产品，很快，译制片便"濒死"于电子与互联网的星空下了：人们宁可在第一时间盯着粗糙的字幕看盗版碟——再好听的配音，未及上市便要下市。译制片就此式微了，成为20世纪渐远的背影之一。

他于是到了电台，专门播报时事要闻，浑厚的声线每逢整点便在城市上空响起，在无数的公寓楼天花板下、在无数奔跑着的车载电台里；同时，他有了个人节目时段，关于汽车时尚与保养，很多人追着听，来信、网络留言，收听排名常年居高不下。后来，他告诉她：有许多主妇，家境普通乃至偏下，并没有可能购车，对汽车也无特别爱好，但仍然一边拣菜一边听——只为他的声音。总之,他的第二批追随者相当壮大，从小众化的译制片爱好者进入了更广泛的市民阶层。

慢慢地，随着传媒功用的商业化，他的独特声音成了广告代理商的热门人选。房地产、公益、旅游、家电、饮料、通信……就这么奇怪，他那条嗓子，不论说什么，都恰如其分，或宏大庄严，或温软亲近，男人认同其权威，女人信赖其眼光。他的影响更加大起来，乃至成了赫赫的名人了。当然，他的音质定位，也从最初的唯美文艺被覆盖上不可避免的物质化——但没有关系的，嘿，这个时代，物质成功永远正确。

所以，她留意上他的声音，并不奇怪，甚至，仅凭他流动于电波中的音频，竟莫名其妙将他引为同道——她一向自认为对嗓音有特殊的辨别能力，就好比有人会看笔迹、看面相似的，从声音往里听，听到最里面，也是有善恶之别、上下之分的，足以成为其人格的一个佐证——这种鬼话，当然经不得推敲，但是，唉，再理性的女人，也会允许自己在某些事情上不讲道理。

不过，在真正见到他本人之前，她对他并无特别的惦记，毕竟，世界上有异禀的人多了去。

三

回过来，继续说她。

她在市立图书馆上班。那场所，再高尚不过，人人都说适合她。包括她自己，爱书爱了那么多年，敬畏相交，痴起来恨不能死在故纸堆里。可真正长年累月坐进去了呢——自日至夜，从白到黑，那无边无际的书与纸，层层压顶，像北方的大雪那样封住了她。一个人，四周有了这许多书，再与世俗混迹、与外界勾搭，就似乎是种亵渎了，书境转为书禁，乃至成了一种混杂着荣耀与讽刺的严厉约束，她竟动弹不得了……

还有，那许多借书与还书的人，用耳语般的声音说话，掩着嘴咳嗽，猫着腰捂着手机一路小跑，那刻意表现出的规矩与素质；包括绿色塑胶地毯，可怕地吸走了所有的声音，脚步的迟疑、钢笔的掉落、桌椅的移动，皆变成深不可测的无声无息。还有，紧闭的窗户，纹丝不动的帘子，大白天也开着一排排的灯，书架如同参天的迷宫，高耸密集，令人窒息——书啊，究竟是不朽的思想遗产还是人类精神的虚弱之所……

没有人相信，这里越是端庄森严，她就越是要发狂或爆炸。

真的！她其实更喜欢粗俗一些的生活！

她希望接触到热乎乎乃至脏兮兮的人与事，她但愿她能够用吃力流汗的体力去换取思维的空白，在大自然的烈日与雨水中奔走，或在琐碎的市声里操劳。真正的生活，应当有阻力的，有不堪与疲倦的构成部分……

所以，就工作而言，跟婚姻一样，她也感到自己的心境变了。好在，这个与他人无涉，亡羊补牢，倒是可以悄悄地变通。

四

瞒过所有的人，大概半年前吧，按照自己的需要，她找到一份兼职。

最初，在她想来，兼职的最佳理想，是纯粹的四肢运动，最好能接近野地或牲口，比如，到农场挤牛奶、在山坡上采茶、替农家掰玉米棒子……但显然这太理想主义了。后来，她想通了，就像那些急于找工作的人一样，不可苛求，碰到什么就是什么吧。

那是个花粉浓烈的春日正午，鼻腔黏膜敏感的路人一边骑车一边打喷嚏。她从单位车棚里找出落满了灰的自行车。自家中有车，她五年多不骑车了。推到修车摊，打足气，整一整，还是好的。踏上车，春风它吻上她的脸。随便地找了条小巷子就往前骑，逢弯就拐，直到骑到不熟悉的地方，看到一家全无个性的路边小餐馆，玻璃上贴着张白纸，歪歪斜斜地写着：招勤杂工。

她走进去——里面几无装饰，生意却是不错。但一望而知，都是些温饱之需的顾客，他们急切而快活地吃喝，有人支两瓶啤酒，有人自带一包鸭头。

她看看自己，正好穿得平常。问了端盘子的小姑娘，拐弯抹角走上一条又窄又陡的楼梯。那所谓的老板间，堆满粉丝与面粉袋。"我想中午在你们厨房做两个小时左右杂工……工钱随便。"她说出默念多遍的话。

小老板是个红脸膛的东北汉子，狐疑地上下打量她。她略有些心虚，但还算机智，临时编了个借口：经济上突遭变故的单亲之家。北方人到底心思简单，加上提到孩子，也就信了："正好中午时最忙！工钱不会高，饭菜管你饱，还可以给你孩子带一份儿。"

就这样，怀着不可告人的喜悦，她隐秘地开始了在小餐馆做帮工。每天中午，换上宽松的便装——跟同事说是健身，赶过去，一边骑车一边给自己变脸，等支好车子，她就成了另一个人。

狭小油腻的厨房里，肥胖的厨师大师傅对她支来使去，一个江西女人则总是给她派脏活，毫不客气地享用这新得的权力。而负责端盘子的两个小姑娘，只要在外面受了食客的气，一到里面，也必要借故冲她撒气。总之，先来后到，她该着是最低小的。

有时外面人多了，她也会被叫了去换盘子倒茶、收拾残菜剩羹，以她的手脚，总不免泼泼洒洒，常招来抱怨；也有嫌她蠢笨的，粗话连篇，无法复述。她脸色发红，低头不语——记忆里，好像从未有人这样一直骂到脸上。

可是啊，多奇妙，这滋味只她自己知道！每次被他们没由来或有由来地粗暴呵斥，她竟都感到一丝异常的舒坦，似是结了很久的疤，现在正被人用鞭子轻轻抽打，疼虽疼，亦解痒、解苦。

五

她注意隐藏与他们的不同。可是又想，除了肚子里有几本书，脑子里有些胡思乱想，又有什么不同？不要把自己看得怎么样了吧。这一想便更加放松，只管好好沉浸于小餐馆每日中午的短暂时光。

韭菜的根总是水迹斑斑，带着不知哪里田地的泥疙瘩。青鱼从案板上一直跳到瓷砖地上，一下子昏死过去。猪蹄在大锅里沸腾，漂浮起一层立体感的灰色血腻。生姜一层层码在北窗台，像是居心设置的小型假山。撤下的碗盘筷子，浸入水池，立刻涌出五颜六色的漂浮物，带着坦荡的狰狞美——她用手直接深入那些腥脏与油污，一边带着快活的嘲弄，回忆这双手长期以来的养尊处优……

她常因此忍俊不禁，想不通自己为什么如此的……贱。到底是什么样的需要，驱使她站在这个跟她毫无关系的餐馆里呢？

当她从小餐馆重新回到图书馆，回到电脑前，答案似乎便自动浮现了：中午两个小时的体力放逐，使她神奇地获得了某种超脱感，周遭的繁冗与刻板，皆变得可以忍耐甚至有几分可爱。她对所有人的态度更为和善了，闲时，接着翻看几本艰涩的业内期刊，白天余下的时间简直成了蜜糖，飞快过去。当晚的睡眠分外香甜，神经衰弱暂告隐退。

六

图书馆每周有一次面向社会大众的"公益讲堂"，请来本市各个领域的名人坐镇开讲。这一天，同事们在商讨中提到他的名字。好呀好呀，有人附和，她也附和，出于无心有心之间。这个时候，她完全不知道她与他将要发生的交叉重叠。

她并不主要参与这个讲堂的工作，故具体的斟酌与最后的定夺她也不清楚。一周之后，在读者中心的预告板上，看到他的名字，他要讲的主题是：便利的汽车与不便利的环保。题目拗口。

负责此事的一名同事请她到时帮忙收集听众提问。

"好的。"她说,"我正好挺喜欢他的声音呢。"

他来了。人群略有一阵骚动,名人嘛。她一望可知,听众(也可谓观众)里,有的或许是真想听听汽车与环保,有的则只对他本人感兴趣(包括有各个年龄层次的女人)。另外有一些闲人,只要是免费活动,他们总乐此不疲,愿意花上大把时间。此外是一些组织来的学生以及一小撮媒体人。这通常就是所谓公益讲座的主要构成。

他富有经验地调整了一下话筒,然后抬头四望。他没有及时开口问好,嘴唇紧闭着,好似一时卡壳。全场寂静,人们张着嘴,一段令人绝望的空白,常识与神经皆受到煎熬。

她感到他是有意为之,他以此来控制众人。她就在这个时刻好好瞧了瞧他。他可能比她大上十岁,中等的体态与相貌。衣饰极为简单。头发剪得极短。他以平淡的外表来掩护他不想暴露出来的东西:显然,他十分自负。

但很奇怪,就是这么看了几眼,有如神谕耳语,她突然间涌起潮水拍打般的激动之情:如果有个人,正像他这样,拥有他这样的嗓子,这样不可一世,却乔装平常于人间,她是愿意的,让他进入她的"空房子"……

最终,在漫长空白的最危险边缘,他几乎是挑逗般地开口了,一下子使人们忘了他此前超出分寸的沉默。无与伦比的音质,张弛有度的节奏,严肃而富有弹性的观点,略带戏谑的高潮。人们数次鼓掌,女听众们打破同性间的戒备与妒忌,她们交头接耳,会心微笑。

接着是自由提问的时段。一张张纸条,焦渴的小手那样,在人头与手臂间摇动着发出呼唤。她伸手过去,像农妇摘取雪白的棉花(突然涌上这毫不相干的意象)。递出纸条的中年女人们,脸庞悄然发红,却又装得无所谓。只有女学生们咕咕乱笑,放肆谈论对他的倾慕。

一轮又一轮地,她替他送去好几批纸条,动作里有一点那种场合下常见的殷勤与僵硬。他对她短暂地注目并点头示谢,社交性的礼仪。

面带经得起推敲的含蓄微笑,他逐一翻看那些问题,一一翻过去,直到碰到与汽车或环保有关的,才抽出来作答。

没有得到回答的提问者们并不介意,她们只要他看到那些纸条、明白她们的心意所在,就够了。这是公众人士与追随者之间的规则,大家都随波逐流地安心游戏。

她也是懂的,却还是觉得,他、听众们,以及自己的表现,这一切,全都是极为轻佻的!可这并不妨碍她对他的向往——要知道,几乎所有的人,从表面上看,都是面目模糊的,或者太强调个性,或者故意埋没个性,或者本无个性却装得有个性,等等。真正的个体风貌,必要往近处走了才能感知。而他,是可以期待的。

七

演讲过后，按照约定俗成的程序，图书馆为他设了招待餐，一个馆长、两个部门主任，以及具体组织和帮忙的职员，正好一桌，像模像样的格局。

他有时倾听，有时随意谈笑，基本上与每个人都有寒暄与对话，对各种赞誉之词得体应付。但她感到，他仍在延续着他的表演状态，他所随口说出的，都是早就备好的一套台词，用以应付各种与此类似的场合，他在按照社会化的需要扮演自己。他越是得体，其实越是在蔑视——说实在的，她喜欢这种表里不一。

不知怎的，话题扯到通信，有人提到手机的各种套餐，以及话费积分兑换奖品之类，他倒想起来："对了，我手机里，大约有许多积分吧，从来没有管过，可能都过期了……"他的表情像个老百姓那样遗憾着，但他话音尾部的降调暴露了他，他其实只是为了说点什么，为了泯然于这个话题。

却有人马上信了，并转向她："对了，你不是有个同学在移动吗，看能不能把过期的积分找回来……"

她点头答应代为办理。他欠个身子提前谢了，并约着改天约她。

第二次可能性的见面就这么定了下来。她舀了一勺甜汤，却没吃出任何味道。她想起她度过的无数天，吃过的许多饭，全无意义的日子们与饭食们。一阵苦涩与激动。

八

时间长了，她与小餐馆的人，有了若有若无的散淡情谊。

红脸东北汉子经常不在，若在，总会问她小孩的成绩，叫她一定给小孩吃好，说身体好比学习好更重要。他经常说这句同样的话，次次都发自肺腑，好像是他从多年人生中体悟出来的道理。

他给她的工钱很低，毕竟只是这样一个简陋的小店面。但只要生意稍好，超出他的小期望值，他便会高兴地从收银台里抽出一些十块二十块的票子，给几个人即兴派上两三张，大家一片欢声笑语，更加卖力。

她捏着这一两张纸钞，三十或是四十，觉得实在可爱，简直想放到嘴边亲吻，如此以劳获酬、立竿见影，叫人舒坦而得意。当天，她即会用这钱，替自己买一本时装杂志，或是交给钟点工买两斤肋排，红烧了一家人吃。由此获得的小快乐实在是大，大到妙不可言。想想这些年上班，收入是打进卡，消费是刷出卡，劳动生产与自我犒劳，似已失去因果关系，亦失去诸多乐趣。

厨房的大师傅是个有脾气的人，常常会因为某些时事动向而大发牢骚：妈的个巴子，豆油涨价了，面粉涨价了，煤气涨价了，牛奶也涨价了……妈的，人肉涨不涨价啊，要是涨，我就把我挂出去卖了。

这大师傅一开始嫌她动作慢，总要发火。后来他骂得烦了，索性由她，再说，慢虽慢，她切的菜或肉那样整齐，总让人赏心悦目；热菜出锅，她精心挑选相配的碗盘递去；有时，还依据她吃大餐的印象依样画瓢地替凉菜加上小小的花式点缀——在这种小馆子，纯粹是多余的美学主张，但无疑，这替大师傅的手艺加了分。他取下嘴角含着的劣质烟，放声大笑：妈的个巴子，你这样一弄，老子倒像个五星大厨了！

现在她知道了，江西女人跟大胖厨师之间，是有那种露水关系的，晚上，他们两个便住在这里一起看店。所以江西女人才会对她有些不待见，但慢慢地，见她从不生事，也便放松了，反时常夸她的肤色与腰身，以示其好。

外面端菜的两个小姑娘，身形结实，带着鲁莽的生机，一直不跟她多说话，她们的粉红脸蛋上，有种恃年轻而生的骄傲……后来碰上中秋节，因为要往老家汇钱，她正好可顺路替她们到邮局办理，她们便一下子与她交好起来——这简直令她暗生感慨，人与人的远近啊，谁能说得清。

但就算这样，一旦客人多了，忙起来，或者碰到令人犯怵的累活儿脏活儿，几个人却又绝不会饶了她。她们从各自的角度大声推诿着，总能找出理由让她去做活，谁叫她是零工，该着把两个小时做满的……

她面上假装也在争，也在躲，也赌气，活灵活现的——她可不能让她们知道，其实，脏乱差重，她喜欢的；被支使被责骂，也是喜欢的，并且愈凶愈好，骂脏话都行……

离开餐馆前，她取下包头巾，脱掉外套，仔细地洗手，并涂抹一些江西女人慷慨提供的百雀灵。即便如此，还是在指甲四周留下了细小的裂口。晚上脱毛衣时，指尖常会勾起毛线。

九

生活中其他的时间，她仍然一如既往。钟点工搞卫生时，她在跑步机上消耗六百卡路里；周末到购物中心，为两种系列的香水而犹豫不决；与朋友慢条斯理地通电话，推荐更为科学的养身之道；睡前，撕掉脸上的面膜，与丈夫谈论小家庭欣欣向荣的财政状况，讨论替孩子找个口语外教……

——若无杂念，生活堪称完美。她自问：一个人，倘若酒足饭饱、家庭和睦、子女健康，是否此生便算功德圆满？

可她为什么会觉得不对？更为矛盾的是：一方面，她那么强烈地、发了疯地渴望反叛、渴望逃遁，可面上却又为何如此波澜不惊、安于日常？两者的程度似以一个严格的逻辑比例，在相互牵掣、反作用力于对方——她内心有多么动荡，日常的外在就有多么乖顺！

这些，跟丈夫说不通，这跟"爱"或"被爱"没有关系，他不是那种可以讨论虚词、虚妄、虚空的人。人群中，二分法永远有效：对有的人，你可以描述至为荒唐的梦境；对另一些人，则最好说说周末的羊肉与汤。自然，这当中，并无高下之分，只不过是对左右脑的不同使用而已。况且，她不想扰乱丈夫，就让他一直沉浸在他社会化的价值体系里好了……

包括她在餐馆的事，想想看吧，怎么能说得清内心的来龙去脉，就算从大街上抓一百个人来问，有九十九人恐怕都无法理解——她的生活多么光滑，充满天伦之乐，没有任何理由做不合常情的事。

十

第二次见面，他约了一个很难找的茶馆。坐下来后，他解释："我不喜欢跟人在大街上谈事情。"又说："太热门的茶馆，很容易碰到熟人。"他可能没有意识到，他的行动带着令人不喜的名人做派,一切以"我"字开头。不过,这可以理解……他一坐下来,就掏出烟,用一种懒洋洋的手势:"烟使我的嗓子老了一些、滞了一些,倒正正好。"

接下来一直是东扯西扯,茶都喝得淡了,一直没有提手机过期积分的事。突然地,他问她的乳名。

"红儿",她老实作答。她的家乡,孩子的乳名常常带有儿化音的结尾,比如芳儿、天儿等等。

"红儿",他若有所思地念叨,像在熟悉一个暗号。"红儿",又念了一遍。用他那与众不同的声音,带着她从未感受过的情绪。

"你知道吗?"他说,"我们总是在被别人呼唤。不同的人、不同的交往背景中,出于不同的目的,用不同的称呼,伴随着不同的手势或眼神……我们的生活因此会像甘蔗一样,被分成一段一段的,我们好似在不断地被陌生化,在不同的时间地点中,你呈现出不同的形象:明亮的、软弱的、放荡的、笨拙的。无数个你在不停地消失与死去,新生的你则成群结队地在后面挤着等着……"他带着一种愤怒似的,那磁石般的发音,使一切都成了台词。

这让她感到一阵恍惚。她垂着眼皮,想起她在餐馆里,她自称姓言午许,他们于是称她作小许。在单位,人们在她真正的姓后加一个"科",因她是所谓的"科员"。以及那些借书者随手拈来的各种称呼，童年时奶奶如何唤她，大学里的绰号，在旅行中，在超市，在亲戚之间，婚前与婚后，诸如此类。她曾经被多少次赋予与她无关的名号啊，细想想，真令人悲从中来：一切的称谓，都是在把人与自己一层层分离……

"是的，我将要用乳名来喊你。"他这样说，像宣布一条法令。

这话只说了前一半，他突兀地另改了调子："我跟你之间，什么都可以，但绝对不谈恋爱，什么你爱我、我爱你之类的。我不喜欢那些。"

她十分惊愕。

他完全居高临下："你以为我看不出来。你根本没藏住，没掖好。我一看到你就知道了。许多女人都像你这样，这种爱慕的眼神……"他带着推卸责任般的表情，一下子把事情给捅开来。"这么些年，跟女人打交道，我学到了很多……所以，我知道你现在的想法！很清楚！"

这是什么局面？她一时愣住了，多新鲜！她好似匍匐在地，仰其鼻息，他根本不顾忌她的颜面或感受。可是，多奇怪啊，她一点儿不介意，反在心中轻声欢呼！真的，她不在意这个，她要的可能正是这个！

只是面上有些臊，但她强迫自己镇定，好像早已知道这是一桩不可能盈利的感情账。"既然这样……那么就按你所说的,不搞恋爱。倘若有一天我当真了,就等于是破了规矩,你就要离开。是这个意思吗?"

他耸动着肩膀哈哈大笑,为她的快速领悟,以及玄妙的约定:"是的,反正,两个人当中,只要有人当真,就分开。"

十一

当晚,她久不相扰的失眠症再次发作。

其实本来,她对他,并非一定要如何如何,可这下子,她给激灵起来了,她发现自己十分喜欢这样——被瞧不上!被忽视!被简单否定!好像全无意志与思想、卑贱地低下头!嘿,这跟她每天中午到小餐馆做帮工,是否有异曲同工之效?人人皆欲求甜,她偏要求苦,且以苦为真味,为至味。

她想起她看过的许多电影,常常会因感动而陷入假想的情境,在假设中,她都把自己扮成其中被侮辱被损害的那一方,她反复流连于那些揪人心弦的场景,想象着自己正被凄惨地抛弃,被当作一个没有灵魂的下等人……而今,这算是一种精神自虐的沉渣泛起吗?——她压根儿不要心心相印的甜美爱情(或许,那本来就不存在!),她宁可扮作一个可怜巴巴的追求者,从而在根本上推翻她在学生时期所尊崇的爱情实用主义；还有，她是否厌倦了预设般的智性身份，正好想借此来抛掉所有的知书达理……一整个晚上，她辗转反侧，激动得不能自已。

次日中午，江西女人发现她昏昏沉沉，反应迟钝，便不要她洗盘子刷锅，也不要她切肉杀鱼，但也不能让她白闲着，塞给她一大盆煮熟的鹌鹑蛋，让她慢慢剥，黑白小花的蛋壳一团团粘在手上，带着一股鸟屎味似的，让她恶心不已，偏头疼越发难以忍耐。

大师傅一边对着烈火颠菜，一边放声嘲笑："失眠？我最瞧不起这个病，就好比有人说他食欲不好。妈的个巴子，我从小长到大，从来就是吃不够、睡不够！这样，我匀一点觉给你睡好了？"一边说着，他为自己的幽默而点头自许不已。

江西女人则咕咕囔囔地："你要老这样，老板会赶你走的……"她翻着眼睛回想："我家有上人曾经做过野郎中的，我记得有些治失眠的土方子。芹菜根煎汤、蚕蛹泡米酒，对了，还有桑树果子，泡茶喝，一喝就好，保管你能把脸都睡肿！"

这方子让她无端地觉得好笑，头疼倒淡下去一些。她嘲笑自己，并且感到羞耻，想想看，跟他们堂皇而没心没肺的快活相比，自己简直就是不折不扣的变态啊，到底想要干什么！

十二

有了那样的约定,他好像就此放了心,把她当作自己人,谈话全无禁忌。他谈起他从前的女人,由于爱慕者众多,他的韵事因此变化多端。

他说,起初没经验,总是从情感戏入手,可弄到最后,就脱不了身:闹离婚的,电话打到太太那里的,丈夫找到单位的,寄带血的信威胁要自杀的。唉,女人都是那样,总以为交换了肉体便有权占领我的全部领地……

她饶有兴趣地听,有时半眯起眼睛,简直昏然入睡,如同听子夜电台。听听,就算是讲这些事情,他的声音还是那么好啊,好像在讲人间千古与道德文章。许多东西都是这样,有一白掩百丑——她只取其白,一叶遮目。

"红儿,你可不能像她们那样不懂事。别要我交心,你也别跟我交心。总之,精神上,我们一定要是淡水之交——这不是我的正当防卫,而是对你的保护。因为我,早已是无心之人……"他歪起嘴角笑了一下,表示对自己的不屑,举起半根烟接着抽。烟,常常像他说不下去的另半句话,升起来,又散了去。

她没应声。唉,他太不了解她,并且,将永远都不会了解她了!

"你想不通？"他瞧瞧她，"以为我太自私了？怕惹麻烦？对，我不否认。但是，你是不知道你自己的。女人，一旦陷进去，全世界的手都拉不回来。我是真为你好，得让你随时丢得下我，像抛掉一包垃圾。真的！"

他拉起她的手，低头放到嘴边轻轻亲了一下，那姿势，像在悼念一朵永不会开放的小花儿。

这天分手后，她坐地铁回去，直到下车，才发现迷糊中坐反了方向。索性来来回回坐了好几趟。她回忆他提到的那些旧事，他曾经那样多情，对待她们像公主，他倾听她们的白日梦，娇宠她们所有的毛病……曾经啊，他是会"爱"的、是最会"爱"的。可而今他否定并唾弃了这一切，他说一切与精神有关的皆是愚蠢，是无用功，是反作用力！他刻意而固执地不动心肝，视情感如粪土……她若稍有理智，就该退避三舍啊。可是不，她偏要拗着干，要奋不顾身地逆流而上，在狭窄的树林中穿行，忍受枝条的抽打与切割……

她得接受这样一个事实：就算与他交往再多，她与他之间，真正的沟通与倾吐也永不会发生。她的热忱、对情感的最高期许，正是他决意要逃避的，就算这正是她最好的部分。

买椟还珠。古人早知道，世上会有这样的买卖。

这是悲哀处，也是蛊惑人心处。她需要这样的颠覆！她正好想要看看，抽离掉智性，她可以保持多长时间……她能不能活成一个轻浮但结实的肉身？

　　黑洞洞的隧道里，地铁摇摇晃晃，光线忽强忽弱。她好像看到了十几年前的自己。她对那个衣着过时、脸蛋圆圆的女生挥挥手：你好！终于打开了"空房子"！这样好吗？你高兴吗？

十三

　　有一个中午，因为外间太忙，她被喊了出去端盘子。忙了一阵，忽然发现有人总盯着她，不想碰上的事情终于碰上了——一个图书公司的业务部主任，算是工作关系的熟人。见她回头，那人眼睛明显一亮，复又张大嘴巴，十分困惑。

　　这一幕她曾设想过若干次，但每次均从侥幸的角度加以否定，她过滤过自己认识的那些人，他们皆属于有阶层感、讲究体面的人物，到这种路边小店的概率极低。但还是有了万一，那熟人带着个膀大腰圆的同伴，或许是个水暖装潢工或乡下亲戚，显然，这是随便敷衍的一餐……关键是，那人认出了她，他会妄加推测并加以散播吗？想到最坏的结果——图书馆里，人人皆知，原来她是在撒谎，每天中午，她可疑地置身于一个简陋的餐馆刷盘子……想到这闹剧般的可能性，她略有慌张，急忙避到里面，再不肯出去。

惶急之下,她实话实说:"外面有个人,我不想让他认出我……"这话说得没头没脑,也经不得推敲,大师傅却如得了命令,跨步到过道,那好奇的熟人果真已径直追寻至厨房,嘴中嘟囔着四处张望,带着即将发现奇闻的兴奋。

大师傅铁塔一般:"厨房重地,顾客免进。"

"哦,我有一个朋友,可能……"那人越过大师傅向里伸头。

大师傅没有耐心,突然架起他,往外就推……那人嘴里哎哟着叫唤起来,他的同伴,本便孔武,闻声冲过来——她都没来得及看清是怎么回事,架就打上了。拳头打在肉与骨上,发出闷闷的"嘣嘣"声,一些食客,趁机匆匆扒上几口便开溜……

等到收拾完残局,发现碎了好些个碗碟,有五份快餐与三个小炒没有付账……东北老板不肯要她赔的钱:"这是干什么!你是我们店的人!"大师傅也拍打着胸膛快活地嘎嘎大笑:"妈个巴子,好久没有打架了。痛快!今晚可以多喝半碗酒!"

的确,这通架一打,她感到,她与他们,好像又更加亲近了,动物般的,以生存为第一要务的交际法则,相互的体温与味道,如同水汽,升到窗户上,团团白雾形成天然的屏障,与整个外面的世界,远远地隔开来。

类似的小小的同甘共苦,还有许多:卫生局来查健康证,派出所来查暂住证,街道来查计生证……她是十足的"三无人员",常常会遇到麻烦,逢上此时,他们都会变着法子替她开通,包括外间端盘子的小姑娘,也会特意媚笑起来,围着检查人员求情,编造出各种天才般的谎话与托词。每次众人通力合作蒙混过关之后,大家都会感到莫大的成就,好像他们正是一个看不见战壕里的亲密战友,有着同进同退的无尚情谊……

在单位开会或是晚上失眠,她常会放任自己走神——追溯到小餐馆热气腾腾的一幕又一幕,那里面,有种以局部利益为根基的紧凑感,喜剧般的,饱浸着写意式的朴素生存哲学,如同草根,总让她在咀嚼中回味到一种生涩的甘甜。

十四

他们的约会全无规律。

他坚持不告诉她他的手机:"你们女人,最喜欢发短信……我讨厌那个。看看周围,男男女女们个个都在发暧昧短信,你要跟他们一样吗?"

这样,他们的联系永远取决于他。有时,两个星期杳无音信,有时,隔天一个电话。他偶尔还喜欢用公用电话,听凭他令人沉湎的声音飘浮在嘈杂的市声上，如大海深处涌现的珍珠——很难不把这种心血来潮的通话，理解为一种真诚的惦念。

大部分的时间，跟从前一样，她还是通过电台的时政新闻，通过他的汽车节目，通过各种音效精美的广告，确认他与她在同一空间的存在。

她在厨房洗、切、烧，油烟与焦香中，他于氤氲中浮动；或是在人群中，耳膜被耳机塞得胀痛，可是，真如入无人之境，如行空旷之地啊，在他的声音里，她展开无边无际的精神漫游，体会到羽毛那样不可捉摸的幸福感……大概，她所要的，就只是他的这一部分，与她相连的一小部分。

十五

不久，他带她到旅馆。他很轻巧地开了这个头，好像这根本不是一件需要商榷的事情。出于信赖？懒惰？或是轻视？不知道，她并不以为忤。

没有任何过渡或婉转的措辞，他带头脱了他的衣服，毫无羞意，大方地光着他略微发胖的身子走来走去，除了手上一支烟。

花了一些时间，他跟她谈了许多关于身体的趣事或诀窍，带着钻研般的热情。他在等她习惯赤裸,同时输出一个观念:肉体至高无上,应当直接抵达,无须以精神为导线来曲径通幽。直线,即是最正确的方式。

她听得懂,也以为然。只是,他那驾轻就熟的表现使她无法抑制这个念头:于他,这是非常熟稔的场景,跟许多的女人,都是这样开门见山……这想法有些令她发冷,同时,有奇异的舒畅。她认为自己就应当被这样对待,成为许多个当中的又一个。为什么会这样?

她仔细拉好窗帘,又坚持关了所有的灯。除了卫生间门缝里的一点光亮,在几乎半黑的光线下,她尽量自然地也脱了,与他一样了无遮挡。

他四周瞧瞧,对突然暗下的光线似乎觉得有趣,宽容地低声笑了,然后温存而沉默地罩上来。

他不知道,她想要掩饰的其实不是躯体,而是突然涌上的热泪。她不明白自己何以如此被伤感所袭。想想吧,她之所以要寻求他,本是为了性情之需、寂寞之需,可而今却被架空、被抽离,仅剩下了床笫,这是一种超脱吗?是一种解放吗?不知道!

重新半躺在床上,他把双手枕在脑后,眼里的表情只有天花板才能看见。他独白似的自言自语。

"你别觉得委屈。其实都一样,从本质上讲,没有人能被别人真正爱过。比如我，她们所爱的，从来就不是我本人。

"我知道的，她们发了疯地喜欢我的声音，其实，就是在跟我的声带恋爱!

"她们喜欢我是个新闻主播，好像我代表政治正确，代表每时每秒的突发事件，哈哈，真的，她们就服这个，跟新闻睡觉、跟时代睡觉，那是上进的、主流的!

"有女孩子不停地跟我谈汽车，越顶级的品牌越昂贵的车系她就越兴奋，她让我'发动'起来，让我'飚'起来……多么性感的表达，可是，红儿，你想想，那跟我有什么关系?

"当然，有女人喜欢我的派头，走到哪里都会有人恭维、献殷勤，她会在身边假装不安地扭扭腰肢；还有的，对我在录音棚里每分钟五千块的进账感到刺激；有的，中意我的年纪与经历，她们全无头脑，希望我可以成为她们的人生导师……

"啊呸，多么可悲!有谁真正喜欢过我本人吗?有谁真正在意过我的心肠与心肝吗?啊不，就算有人在意，也没用，因为那是无法表达、无法输出的!情感永远都是有障碍的、抵达不了的，只有肉体，就像咱们现在这样，暂时获得浅薄的饱足……

"包括你吧，红儿!别以为你比她们高明!才不是，你也是从你的需求出发，认为我大概是个什么样的人，这当中，或多或少地有一部分符合你的理想，这样，你以为就是所谓爱了！可怜啊，一切都是误会，是施爱者的假想与附丽，跟被爱者本人没有任何关系！所以，红儿，别以为我是在诳你，爱情啊，它的真名儿其实叫误会……既然如此，不如一切从简……"

这次，她是真的给他说得黯然了。他并没有说错？！

"哈，也别发呆。你也说说话，说点好玩的？"他恢复常态，浮出冷冰冰的深海，用一种快活的语调把她拽回来。

"这个……"她勉强振作，在脑子里四处搜刮，"要么，我就跟你说说窗帘吧。"

"小时候，我一直住平房，我的床与书桌都在北窗的下面。每天晚上，我拉上窗帘，在里面做功课。有一次，偶一抬头，突然发现，窗帘没拉严，那缝里，有双戴眼镜的眼睛在瞪着我……从那以后，我就对窗帘特别注意，最好是窗户大开着，一直把外面看得清清楚楚，而对拉好的窗帘，总不放心，似乎，随时会被人拨出一道缝来，直直地盯着我……所以，你知道吗？每到一个新地方，如果有窗帘，我总会特别注意……"

她转过头，突然发现，他睡着了，或者"演"成睡着了。她于是也静静地躺到一边。她知道，不是自己的表达太枯燥，他是故意的，他顽固地排斥任何贴近心性的交流，并寻找一切机会来强调这一点。

十六

偶尔也有破绽,非常小。有时,他会随口发问,像男女间通常会关心的那样,问:有没有想我啊?喜欢跟我在一起吗?类似的。

回答之前,以最短的时间,她进行理智的取舍,最后说:还行。这是一个压缩和变形后的回答,但在某种程度上也是真实的,她怎么能由着自己去想呢,那不就犯忌了吗?

但他不太满意,用浓重的鼻音"哼"了一声,像在配饰一个没有台词的小角色。他可能陷入了从前的经验,本以为会听到一串繁复的热烈表白。对于情感,他像那些减肥的人,欲取清汤白水,可一张嘴,还是希望赤浓黏稠。

很快,却又意识到什么,想要挽回立场似的,他补救般地念了一句聂鲁达:没有什么东西可以把我系住/我喜欢海员式的爱情/接个热吻就匆匆离去……

这让她感到一阵心酸,怜悯他如此遮遮掩掩。于是,当他再次问起"想不想"的问题,她说了个小小的故事。

有个没钱的孩子,站在路边香喷喷的烤山芋摊子前,那烤山芋的老头问:孩子,想吃吗?孩子抽抽鼻子:想……不吃。

他懂了,低下头啪地点烟,一边用他钻石般的嗓门"哈"地笑了一下:好,这个好。

他一口接一口地迅速把烟喷出来,烟雾团团升起,把他们隔开。

后来她检点过,从开始到结束,真正吐露衷情的,也就是这一次,借小孩子的"想不吃",说出她的想,想不想。

十七

或许是出名之故,他有许多固定的习惯,谈话、点菜、发式、衣着,莫不精心地保持一种格调,又刻意不让别人觉察这一点。比如吃饭喝茶,必要包间,且喜点固定菜式。一圈人约出来喝茶,他得先搞清楚,有无小报记者或同行冤家。他排斥所有的公共交通,出租车也尽量不坐,这城里的地铁建了几年,他仅坐过一次,还是试运行那天的嘉宾。与陌生人寒暄,三两句即告剧终。若进入某种哄闹的场合,就算是室内,墨镜也不会取下。被人拉着合影,他站在那里,不笑,且不愿与人勾肩搭背。有人索取签名,他会用一个备好的玩笑化解。

他一边细数这些毛病,一边自我抨击:"我算什么鸟,这么装腔作势!可是我若不装,别人又认为那不是我,我就应该装!唉,表里与衷心,就是这样背道而驰。说实话,我瞧不起许多人，可又觉得我自己还不如他们。"他似笑非笑，嘲笑自己是块机芯坏了的名表，除了时间不准，哪儿都好。但没人相信他时间不准，只因他是名表。

"个个说我功成名就，笑脸像向日葵那样张开。可我透不过气，你明白吗？我被我自己的乏味、虚伪给十面埋伏了！怎么办啊，我难道就要这样一直闷到死吗？"

"哦，得了，别那样看着我，好像你真的理解似的！你怎么可能明白我的感受！"他焦躁起来，把脸扭到一边，猝然结束暴雨般的小型演讲。他来自鼻腔与胸腔的共鸣音，仍在空气中微微抖动。

有一天，他忽然注意到她手指上的裂口与毛糙，这跟她整个人，明显是不对的。他另眼相看似的，翻来覆去地捧着看，兴奋地连声追问：怎么回事？怎么回事？

她在内心轻声喟叹：终于来了！她在等，同时也在担心和犹豫——当他问起，是否值得跟他诉说她古怪的秘密爱好。他有可能是大街上那九十九个人之后的最后一个人吗？

她慢吞吞地，甚至可以说是平淡无奇地，从图书馆开始，纸与书的大雪尘封，类似于活埋或囚禁的处境，那油光水滑的平静生活……他点头，毫不惊奇，一连串地"嗯嗯"，似乎他与她本便是狱友，感同身受，他甚至比她更熟悉这无法责难的庸常，他更急于想听后面……

于是，简陋的小餐馆出场了。她头一次得以如此毫无保留地放肆诠释她狂热而古怪的爱好。

他眼睛闪闪发亮，追问起她一带而过的那些细节：怎样对一片冰冻的猪后臀大卸八块，泔水桶里的漂浮物与沉淀物，那些嗡嗡嗡永远赶不走也从没人费心驱赶的苍蝇，那因为不够新鲜而不得不撒入大量调料做成的所谓秘制鱼肉……在他富有鼓动性的启发下，她想起了更多：啊，对了，还有那些顾客们，点菜时，他们为两块的差价而犹豫不定；若菜量有余，他们要求打包，可等到走时，谁也不愿意主动拎起那些餐盒，一番不为人知的小小博弈后，最后离开的人不得不装出一个最无谓的洒脱姿势拎起。还有，付账时，外地口音的人会小心翼翼地讨价还价，然后为省掉一个零头而大感愉悦。

……好极了，讲，接着讲……他如痴如醉，甘之如饴，笑嘻嘻的，紧紧盯着她，好像头一次发现她的巨大特质！她的所见愈是污糟、人性愈是卑微，他便愈是痛快。

十八

此后相当长一段时间，小餐馆成了她可以对他讲述的唯一话题。

但很快，她捉襟见肘了：其实，并没有什么太多的复杂体验，不过是一点厨房活儿，她的初衷仅仅是想让自己的头脑空白两个小时而已……可他那饥渴的样子令她若有所动，出于某种要讨好他的迫切，她发现自己开始添油加醋、胡编乱造，甚至把小餐馆里的伙伴们也拉入了加工对象。

她把大胖师傅说成一个爱占小便宜的家伙，每炒一个菜，就要偷一勺油放进他藏在柜子里的小桶。江西女人成了一个伪装的关节炎患者，以借故偷懒。而两个端盘子的小姑娘，则整天花枝招展、幻想着在顾客里发现她们的意中人……她即兴拼凑各种离奇的钩心斗角的小情节。

每天中午在小餐馆的两个小时，现在变得肩负使命了，她一边如往日般机械做活，一边居心观察，寻找可以扭曲的场景。她感到一种卑劣的动机，带着原罪般的恶……山穷水尽之时，她甚至把红脸膛的东北汉子也拉了进来，迎着他期待的目光，她低声地编造了红脸汉子的戏份——有一次，你知道吗？多可怕，他建议我做他的"江西女人"，你明白吗？就像江西女人与大师傅那样，苟合，什么都不管，婚姻、孩子、有无好感，反正,动物那样,在他的一个小窝里干那事儿,说,他可以涨我的工钱……

"哦！太带劲儿了！"他肯定听出来这里面的荒唐，可他情愿相信，并兴奋起来，一把掀翻她，带着从未有过的快意。

这段时间，她矛盾地愉快着。一方面，她知道自己在无耻地利用小餐馆,可同时,像一个长期埋伏后的进攻——带着自信而隐蔽的摸索,她小心翼翼地向他的内心靠近。

她这样替他想:一个透明橱窗后的公众人物,一个物质充裕者,永远那么光亮、冠冕堂皇,可是,作为一种平衡,他一定比所有的人都需要阴暗与龌龊,就好比人人都有一个下水道,她只是在帮他释放一切被压抑着的"恶"……她希望,通过"开放"自己的小餐馆,她可以一点点剥开真正的他,她绝不相信,他的核子里真像他表现出的那样心不在焉……

不过,他时刻警惕着,如同哨兵守卫一个密封的宝藏,一旦发现她的贴近与体恤,便如同泥鳅,用一些似是而非的往事来自我解构,不停地发出警告,以打消她的念头。

他提到,出名后,四周突然冒出来了许多人。

——根本不认识的同乡,如同一个山芋跟另一块山芋,只因来自同一个省份的同一个县城,身上沾有相似的泥土,突然便寻了来,欲把手言欢。从没印象的初中同学,长途电话里活泼地与他共同回忆校园往事。一封怯生生的邮件,来自异国的暗恋者,诉说其如何一点一滴地辗转关注他的行踪。还有,各级或大或小的官员们,他们总要请他吃饭,漫长的饭局,对电影或配音艺术多情但远离常识的讨论……同时,他们还会亲昵地提到他的声音,不住地夸奖,用同一类俗气透顶的形容词打比方!然后,当他开口,他们紧紧盯着他的嘴唇与喉结,像看着一只动物,考虑先吃他的哪一部分……

"一切的贴近,不管是以什么名义,爱慕、尊敬、艺术或乡愁,去他妈的,我都烦透了。他们跨界了你明白吗?人与人之间,有很多道你看不见的红线,那便是疆界,神圣的疆界,一旦踏过,就等于是把线给踩断了。一切都结束了。"他的眼神突然变得像冰块,几乎是冷酷地看着她。

她违背意愿地点头,想象中伸出去的脚又缩了回来。难道永远这样,她与他,像两个恰巧在同一个屋檐下躲雨的旅客吗?

十九

她决定离开餐馆。的确,不能够再干下去了:对那间光照不足、油污浓重的厨房,她先后有两次背叛:最初是自我身份的隐瞒;继而是为取悦于他而进行的隐私贩卖。对前一个,她大致已获得了自我假释,但对后者,则无法进一步伪饰——现在,她成了他安放在粗俗生活里的一个线人或间谍,她贴近这些无辜的人们,带着攫取般的贪心,盗取他们并不存在的粗鄙……

决定走的那一个中午,她用目光反复抚摸那个狭小的空间,堆放得乱七八糟的蔬菜,层叠着的待用碗碟,以及墙上山水画般的油斑迹，案板上她最为熟悉的小裂缝。她感到一种诀别般的窒息，好像在跟另一个可能性的命运道别——

这个世上，有多少个像这样的小角落，不为人知，却跟一群人的终身或绝大部分时光紧紧捆在一起，如果硬币以另一个角度抛下，也许，这里本该就是她真实的生活……想想命运的本质吧，处处充满潜流与刀锋。

带着一种复杂的感触，她去跟东北汉子请辞。

为了第一个谎言，她得再编第二个谎言。她期期艾艾地为难，后者却打断她："不用说了，我来猜，准是找到个男人是不是？这就对了，哪能一个人带着孩子……其实，我就知道，你干不长。"

她默认了这个相当合理的说法。大师傅却以为她嫌工钱低，"我可以帮你去要求加一点儿。的确，你拿得太少了……"老板在一边说破她的"喜事"，大师傅马上露出不以为然的表情，江西女人却由衷地高兴了，笑嘻嘻上来摇她的手。

他们一起放下生意，送她到门口，红脸膛东北汉子想了一想，匆匆地补了一句：万一，有什么变化，你再来就是了，这里，随时可以……

唉，漫不经心的谎言却换来这么诚恳的回音，如同，在他那里，热切却被当作累赘。物理的能量守恒定律，同样适用于情义——人们在此处欠下，终要在彼处偿还，正负之后，仍是个零。

蹬上自行车，离开小餐馆。她忽然感到一阵难言的痛楚。也许，在她的背影之后，他们都暗中松了一口气，像拔去一枚不合时宜的钉子——他们早就识破了她的乔装打扮吧，一个格格不入的人，想要进入他们的内部……可是，她真心爱过这个小餐馆，她与那个情境，曾经是契合的，甚至可以说，这里，正是她混沌肉身的庇护之所……

二十

"没关系，好地方多的是。"他把她从伤感中拖出来，提出一个又一个替代之所，让她深入现场，像在策划别致的行为艺术。她的大脑，如同失重的星球，暂时停止自转，对他的提议从善如流——

早起的批发鱼市，在冰冷的空气中与穿着劣质皮衣的男人们挤来挤去。黑色橡胶水管交叉缠绕，地面上漫过一阵阵水流，鱼鳞闪闪发亮。三轮摩托与小货车，停在马路牙子边，喷出一股股浑浊的尾气，覆盖掉整个鱼肚白的清晨。

然后是高峰期的公交车。她摇摇晃晃，在急刹或突然加速中东倒西歪，与求职未遂的毕业生、赶往工地的油漆工、拖着批发货物的小摊主们挤得前胸贴后背，闻着头油味、口香糖味、皮膏药味、机油味，听他们给家人或客户打手机，或相互谈话，唠叨生活的难处与智慧，嘴角边浮现疲惫而世故的笑容……

有一次，他甚至提议她到废品收购站，她不得不举着一份报纸，站在一棵不停飘落毛絮的法国梧桐下，窥伺收购站的光顾者们：躬着腰的老女人提着四五只塑料油瓶，花很长时间跟收货人讨价还价。骑三轮车的送来一大捆锈迹斑斑的防盗窗，粗暴地砸到磅秤上，发出刺耳的声音。拎着旧电扇的秃头男子突然大吵，他找到一个插头："看，还能转的呀，你怎么能当废铁算……"

每一个观察周期，都成为她与他下一次见面的兴奋剂，她事无巨细地加以转述，带着对惨淡世态的浮光掠影。他生吞活剥地聆听、追问，有时嘲弄，有时鄙视，有时失笑，最终，他深长地叹息：唉，跟我们一样，都在苟延，都在偷生啊。

一边说着，他往红茶里添奶，让服务生送一盘水果。有时他剥瓜子，带着老年人般的耐心，剥出一小堆来，往她面前一推："你吃。"

她弄不懂他真正的所要。但是，她能感到，她与他之间，深藏的歧义正在这讲述与倾听中逐渐显现——

在她，对每一处的人群，皆存有感同身受的急迫，她可以听见那些小小的心脏在他们的怀中，正"嘣嘣嘣"地、热烈而麻木地跳动,他们是她的亲人,是她的前身后世,是她寄居人世的另一具皮囊……世界像杂货柜,她正逐一拉开那些抽屉,就算仅仅瞥得一眼,单一的生命即已呈现诡异的色调,并附着不可言的禅意。

而他,基调就是拒绝,带着一股焦灼般的,好像所有那些庸碌贫贱的生活都冒犯了他。每个地方,他只让她去三两次,然后,他就开始思虑下一个去处。"哦,行了,仅此而已,差不多了,咱们换一个。"他不停地寻找与求证,徒劳无功地,他往地面贴近,总找不到最舒适的姿势——表面的快活与嘻笑里,含着一种欲求而不得的痛楚:他喜欢强化他与另一种生活方式的巨大落差,可是又不能接受这参照后的审美失衡乃至道义审判。

他们的眼神偶尔交织,她头一次发现,他是比自己弱的、无助的。这令她感到迷惑,并失落起来,因为,她很难去仰慕这样的他……

二十一

更难以捉摸的是,他似乎开始了某种古怪的实践,或曰戏仿——对粗俗与粗鄙。

最近的一次约会,他选择了一个人来人往的车站小旅店,门前用大红的牌子书写着"钟点房两小时四十块"。没有大堂与服务中心，只有一个传达室般的小门房，沿墙挂着一串钥匙，里面坐着一个卷发女人，她硬着头皮报了房号。"哦，有人在等你。"卷发女人冲她使了个眼色，亲狎得令她无地自容。

她红着脸敲门进去，他得意地哈哈大笑，一边给她看他的外套，一件十五年前流行过的双排扣西装："瞧，我们现在不再是我们！"

这寒碜的路边旅店，清洁程度可疑，房间散发着霉烂与便垢的味道，床单发黄并且有被烟头烫出来的洞，墙的下半部布满鞋印。

她走上去拉窗帘，却发现滑轨是坏的，帘子在快要闭拢处卡住，似乎恰好留下窥视的缝隙——这正是她最不能接受的比例。

并且，还不隔音，能听到有人在走廊大声吐痰，有女子用西安话询问一个男人的病情，左边或是右边的房间，电视在不停地换台。

他让她脱衣服，她为难地不动。

"最劣等的情欲就是最好的情欲，你不知道吗？这是我今天突然冒出来的灵感，不能光让你去间接地体验。从现在开始，咱们一起，想尽一切办法，逃离我们现在的生活，做不是我们的那个人,你看怎么样?"

他自得地笑,一边脱掉暗提花的浅灰羊绒衫,又把那镶有钻石的法兰穆勒取下。她想起他的那个比喻,唉,人人都在千方百计给自己堕落的理由啊,他或许真的是一块时间不准的名表,连自己都不能面对了,他只想成为另外一个他——这让她再次涌上一股巨大的失望,他是如此地松懈与失控……

"来吧,红儿,忘了一切,去他妈的新款概念车,去他妈的整点国际动态,去他妈的经典楼盘,去他妈的'钻石恒久远,一颗永流传',去他妈的一切……"像是要大声告诉车站旅馆外每一个可能听见的陌生人,他作践着他的嗓子,放弃吐纳技巧,喊出破裂的嘶哑,任凭玉石坠落地面。

她躺下,紧紧闭上眼睛,在因为陌生与肮脏而显得更加刺激的肉欲里激烈地颤抖……但与此同时,她却感到,另一个自己,正慢慢站起来,站到床沿一米开外,无比怜悯地注视着这一幕。肉体的交好契合,带着讽刺的反向力,增加了她的虚无感,增加了她与他的疏离感——她与他,在相互交叉的最初,曾经可能葆有的明亮与光明,彻底消失了,现在,他们正把人性中最炽烈最危险的那部分,狠狠地掏出来,爆发出恶之花的绚烂。

二十二

　　此一阶段，他的事业反倒愈加顺利。2月份，他被推荐成为政协委员。五四青年节，他当选市"十佳杰青"。6月份，他被列入省政府"五个一批"重点人才库，明年上半年到法国做艺术交流。

　　饮品公司邀请他做代言人，他身穿晨衣、手持果汁的形象出现在超市宣传吊旗与易拉宝招牌画上，还有公交车车身，他被放大了的笑容日夜奔跑在大街小巷。为此，他得到了一笔相当好看的代言费。

　　市里的招商引资高层峰会，一场声势浩大的公益募捐，一个香港歌星的体育馆演唱，他皆被请去主持……他的声音，在不同的场合，被无线话筒及环绕音箱放大。

　　"看，我多像个声音交际花！"他在电话里这样跟她说。

　　与此同时，他"戏仿粗俗"的爱好变本加厉。只因他不大方便出门，有许多事情便请她代劳。

　　他让她替他买劣质烟，"红梅、飞马、秦淮、黄果树"。他一口气报出一串名字，都在五块钱左右一包，并得意地说明理由："我倒要看看，能呛到什么程度，娘的，真能把我的金嗓子给倒了，那才好！那将是最伟大的悲喜剧。"

有时，他故意模仿街头男人们的痞气，尽可能地作践他漂亮的音色，骂脏话、说方言，配以极为庸俗的内容：昨晚牌局的输赢、狗儿子的大便问题、喝醉酒后的呓语等等。偶尔癫狂起来，还冒着被人认出的危险，在公共场合胡闹：挑剔某道菜式的味道以图讲价，故意打掉杯子然后悄悄藏起，结账时假装不会刷卡……他惟妙惟肖地把自己扮成另一个方向的人：土气、粗鲁、局促、无赖。甚至，他故意强调他与她的背德关系，挑衅般地拽着她，对旅馆前台说：没有身份证，没有结婚证，反正，有钱不就行了嘛……

每次表演结束，他抖着肩大笑，享受得逞后的快意，由此，他似乎获得一些反常的乐趣。可她笑不出来，她若有所思地盯着他，像个母亲那样忧心。她知道这一切都不是他，但愿这是最后一次，但愿他已走到最低处，此后，他会重新上升……

注意到她的眼神，他一阵敌意的缄默，静一会儿，他重新点上烟，打火机清脆地一响。"得了，别多想。只是很烦闷，想找点乐子。"他喃喃自语，"并且，要当心啊，红儿！不要试图干涉或评价我的任何想法。我跟你说过，人与人之间，不能跨过界。"最后一句话为他找到了底气，他眯着眼，掉开头去喷出烟雾，再次把她远远推开。

二十三

他们双双乔装、刺探世态的狂欢仍在进行，搜寻各种寒酸的地点与嘈杂的场景……初衷与现实，完全成了善与恶的混乱交织。她发现自己已萌发倦怠，却又在勉力等待。她想，事情总会以其自己的方式拐弯或停止。

果然，到这家关怀医院。

看到报上招募志愿护工，她先去了。关怀医院，就是这种——里面的病人，都是自别处转来，在这里等着，半拉着死神的手，走完人生的最后几步……医院地点偏僻，四周有着褐红色围墙，三排造型简单的老式楼房，Z形楼梯集中在楼房最顶头。整个院子弥漫着一种寒凉而坦荡的气氛，带有奇怪的怡然自得，草木郁郁，人物两忘，让人不禁要屏住呼吸。

她与另外几个护工负责照顾其中一部分完全不能自理者的午餐，替他们系上围脖，边哄边劝，往嘴里塞一些细碎得看不出原料的食物。汤与饭粒，常常撒得满地都是，但每个喂食者都富有耐心、保持着机械的动作，用勺子在那些失去弹性的唇边刮来刮去。

午饭后，她在楼道间四处"观察"。触目皆是老花镜、假牙、拐杖、轮椅、助听器、成人尿布，以及颈下的层层皮囊……她为他描述了那里的情形，那听天由命的慢悠悠的节奏，带有童真般的弱小与美。

他注意地听，没有似往常那样冷嘲热讽，相反："替我报个名，我要去给他们读书。"

一段有些匪夷所思的场景就这样拉开了。

对于读什么，他并不特别在意。或许老人们更不在意——这个时候，听什么都只是个听罢了。他们为他准备的常常是《新华日报》《故事会》或《家庭医生》。

接过来，他大略翻一翻，用训练有素的眼光快速浏览一遍，然后就在老人床前的凳子上坐下，在氧气瓶与呼吸机的一侧坐下。捧起杂志，他的身子忽然端正起来，下巴以一个讲究的角度抬起，短暂的呼吸吐纳过后，字正腔圆的音质带着簧片般的振幅一波波推开，好像他前面坐了一礼堂的听众，好像他在诵读普希金的《致大海》。

"……耳鼻喉科专家介绍说，人们常常喜欢用手指甲、发卡、挖耳匙甚至铁签掏耳朵，稍不小心就容易刺破外耳道皮肤，导致外耳道发炎、肿胀以及剧痛。即使掏耳时十分小心，但如果形成习惯，频繁掏耳，也会引起肉眼难以看见的隐性破损导致感染……

"美国航天局艾姆斯太空探索中心的研究人员通过斯皮策太空望远镜惊奇地发现太空中竟然存在大量的纳米级钻石，虽然平均每颗只有十亿万分之一米那么大，相当于一粒沙子的二万五千分之一,但研究人员认为,这些小钻石能为地球发展演变过程提供重要线索……"

听他读报读杂志的老人,常常面带毫不相干的浅笑,也有的会神情严厉,如同听政治文件,更多的会在中途蒙眬着睡去,嘴角挂着浑浊的涎水。走廊上有护士走来走去,家属推着轮椅慢慢走过。从没有人因他的声音停下脚步——似乎,他的朗读声只是水流冲击吸痰器,病床拖挪着从地板上拉过,一个药瓶滚到角落……这里,在这个以衰老和死亡作为主题词的世界尽头与冷酷仙境,他的嗓音仅仅是无谓的音源之一,失去其任何的特质与价值。

显然,这带给他极强的乐趣——众人越是无动于衷,与他在社会上的荣耀之反差越是强烈,他便越是满心欢喜!再接再厉地,将就着行文恶劣的读本,他亮出音质中最华贵那一部分,带着炫技的喜悦与沉醉,用高度专业的方式……他常在朗读后的短暂休息中跟她交流,说他刚才如何处理起承转合,如何停顿与加速,如何变声与转调。紧接着,他哈哈大笑着全盘否定——

"这就对了。再好的声音,算个狗屁啊。看看他们,看他们那样……在这里,我终于成了个'大零蛋'!对,这正是我要找的地方!这里,我,终于是个我!我找到我自己了!"他愉快地重复着,语汇贫乏,露出没有智力成分的笑。

她转过脸去，不想看他的表情……

二十四

他们服务的老人接二连三地次第离开——旧床单撤走，换上新洗过的，很快又会被另一个气息微弱的躯体所覆盖。也许就在昨天中午，她替那人喂过碎菜叶，他念过一段《知音》杂志。他们与他有过即兴但深入的交谈，了解到那老人的点滴身世，他甚至说起过他的家乡与童年。他们看过那老人布满褐色斑点的手，颤巍巍地端起他掉了瓷、印有从前他所在单位名称的旧茶杯……

第一次碰到似乎依然温热的新死，死者纵然与他们无亲无故——但恰因为这个"无亲无故"，却更带有广袤的残酷，她与他皆手心发凉、脸皮发紧，连对视的勇气都没有。他们似乎感到一种唐突与冒犯，深感自己不该闯入此地，不该看到这生与死的迅疾转换——这是个大秘密啊，他们怎么能就这样以游戏的形式轻佻触摸？

正是那头一个有老人新死的中午，他读得糟透了，音质喑哑，数次卡壳，结尾时草草终了……但没有人注意，跟他读得完美无瑕时一样，老人们依旧或睡或醒，走廊外面的人或行或立，皆毫不在意。

两个小时勉强结束，他颓然搁下杂志，先自往医院外走去。等她赶上，发现他正倚着一截围墙呆立，如同失去武装的士兵，沮丧、脆弱，跟以往任何时候相比，皆判若两人。

她突然感到，此一刻的他是真实的，也是最可贴近的……山穷水尽、生际荒凉处，她终于抵达他了？

她激动万分，伸出手欲要触碰，以传达体恤与亲爱。他即刻觉察了，忽然间非常羞恼，几乎是仇恨地盯了她一眼，转身便走。

容不得他们对当天的情形进一步探究或自我粉饰，初次的惊悸已经过去——死亡实在是平常，几乎天天碰到，甚或一日数次，好比家常便饭……那些依然活着的，会轻声地谈起刚过世的病友，好像提起一个到外地出差的同事：是昨晚后半夜的事。最后还叫了两声呢，河南方言，没听懂……

慢慢地，如同入乡随俗，他与她似也变得木然了，看人来人往，少了这位又多了那位。这里的风景常年如此。她只管替能吃的喂，他只管替能听的念。两个小时后离开关怀医院，走在寂然无声的围墙与大树下，他们会毫不相干地谈起别的。

可是，她知道的——不一样的，已经有什么东西滞在他们之间了，那是对宿命的彻底屈服，以及随之而来的巨大羞赧与自我否定：他与她，竟然还能继续这样的在世间轻浮——这种感觉，一人可当，但两人相对，却会形成不可消除的间离与敌意……她现在相信他曾说过的了：人与人之间，有一些细细红线，的确永远无法逾越。

但是，如一幕无法降下帷幕的剧目，她与他之间，已进入了这样的胶着状态，出于惰性，他们还会继续这样下去，并形成另一种意义上的貌合神离。

可是她知道，那个"最后"，很快就会来的。

奇怪，对这一结果的理智推断，她竟无丝毫痛苦：自发觉他的破绽，他那独特的不可一世的魅力也同时消失了——此前，她享受着自己对他"臣服"般的仰慕之情，因这正符合她古怪的心理需要；可一旦已可以平视甚至是审视，"爱"即刻遁于无形、消失不见了。多么可怜的情感啊，芦苇一样纤细，来得没道理，去得太酷烈，眼睁睁看着，毫无办法。

唯一存有好奇的是，她想看看，将由谁、以怎样的方式来承担打破僵局的使命。

二十五

这个周五的中午，作为又一个娱乐性质的戏仿，他突然提出：要到她做过事的那家小餐馆吃饭。她猝不及防，下意识地拒绝。

"有什么的！你放心，我绝不开口，不暴露嗓子……那种小旮旯地方,不会有人认出我。就当是对你某一段虚拟生活的重温好了……"他仍旧用那种无谓的调侃语调,眨眨眼睛,好像他已经完全飞过了关怀医院的低洼地带,又恢复成高高在上的抛物线。

她注视他嘴角的弧线与脖子里的喉结,细心聆听他近在耳边的声音……依了他吧,就好像自己对他还是那样敬慕吧。这样的机会,不会再多了。

再说,她真的常常想起那家小餐馆呢。小老板不是说过:她随时可以再回去的……

大胖师傅与江西女人都在,知道她来了,都从里面出来,大声招呼,但那大声里明显有着因相隔太久的生分。端盘子的姑娘,换了一个,留下的这个,却有些忘了,只管盯着她的衣服看——一条OASIS裙,他要求她这样穿,他说:"你要还原。你有这个义务,否则你对不起他们。"

她在心里反对:还原什么?难道一个人的本真,跟经济状况、跟身份职业或身上的行头有着必然的逻辑关系吗?

东北汉子虽在,脸膛却不红了,瘦了很多。江西女人解释:"唉,大病一场,住院开刀,把好不容易赚下的一点钱都花光了。"她敏感地听出,江西女人的语气里,有种只属于小餐馆的清贫性质的矜持,不愿跟她说得太多——她已经不是他们的自己人了。

小老板见了她，特别是她身边的他，倒是热情喷薄："唉！见到你，倒想到我从前的好日子了。来，坐！菜你们自己搞，酒我请！拿两瓶小二，我正好也想喝！"

她感觉到身旁的他，身子略有些僵硬，是啊，在他的"交际史"上，这是头一次吧，在这么寒碜的小店，与这么不相干的人，喝高度的小酒……但他还是点点头，同时指指自己的嗓子，张了张嘴。

呃？东北汉子误会了，他愣了一下，显然十分惊讶，马上又悄声安慰她："我看听力还凑合？没事，只要能赚钱就成，瞧瞧，你现在都能穿上这么好的衣服……"

没等她点菜，大师傅已炒了送上来，多亲切啊，地三鲜、醋花生、溜白菜、咸肉蒸百叶——盘子一角缀了几枚胡萝卜，这正是她当初帮工时的创意呢。

他的"哑"令东北汉子有些为难，大约，在他想来，在一个不能说话的人面前，说太多话也是不妥当的。他们于是便默默地喝酒，不停地举杯，好脾气地亮杯底——菜才动了几筷，两瓶小二竟然都见底了，东北汉子招手要了两瓶。

她侧头看他，脸是红的，但也是笑的，好像这装聋作哑令他十分快活，他就着自己的恶作剧便足以一醉方休了。

见他们你来我往地喝得顺畅，她忽感到一阵手痒，便溜到厨房去，她甚至激动起来，她盼望着，再次与烂白菜、与冻猪肉、与有裂纹的案板混为一体，她会像从前那样，获得一片空荡荡的宁静……

江西女人却无论如何不肯她动手，动作激烈，简直像是赌气，让她感觉到既是迈出了这个厨房，她就再也没权进入。正愣着，江西女人却又附耳过来："……不过，你那个男人，对你怎么样？我怎么觉得他有些怪里怪气……"

正在炸丸子的大师傅喝住江西女人："你乱说什么……小许你快出去，这里油烟大，看把衣服弄脏了。"

她只得退到一边，几乎是热泪盈眶地看着那依然眼熟的案板与碗盘、那些调料罐与塑料筐——她所心疼的，不仅仅是这个她再也无法亲近的厨房，还有其他，她得到与失去的一切……时光从来都是永往直前的，不管过去的是好日子还是坏时光，简陋的情谊或是华丽的纠葛，都注定是要彻底失去的。与他的交往，在某种程度上，使她的幻梦得以写实，但与此同时，她的"空房子"也从此幻灭了……

重新到外边，却发现他大约是醉了，醉得开口说上话了！小老板正惊得瞠目而视。

酒精似乎给他的嗓子添加了前所未有的润泽，赋予了饱满而深沉的情感，他站起来了，游吟诗人般地，半抬着头，缓慢而若有所思地，边回想边背诵着某一段诗篇，旁若无人，怡然自得。

为了来到你所不知道的地方

你必须用一种无知的方法去走

为了爱上你所不知道的爱人

你必须用一种不爱的方式去爱

为了成为你还不是的人

你必须沿着你还不是的那个人所走的道路

你所不知道的是你唯一知道的东西

你所拥有的正是你不拥有的

你在的地方正是你不在的地方

顾客不算多，只在一边捂着嘴暗暗发笑，也有人被他夺人心魄的音质所震动，眼中突然涌现无名的迫切。

东北小老板也已喝多，站不起来了，他正用脚后跟撑着，把椅子往后推，以尽量地离开桌子，离开对面开口朗诵的人，好像这样才可以确信眼前的一幕并非幻觉……

江西女人正端了一锅鱼头汤出来，大师傅则搭着块大毛巾笑嘻嘻地尾随其后，猛然见到这样入了戏般的他，不禁张大嘴，吃惊、伤心、不解。

她知道，他所念的，是艾略特的诗；也知道，这是念给她听的。在这不合时宜的处所，面对毫不知情的人们，她无地自容，同时又感到欣与悲的混杂，像金线与银线的交织，此种心境，殊为珍贵，不可描述。

她不想解释或阻止这一切,只与大家一起,仰着头听着,一边等待结局这样到来。他的声音从未这样直抵心肺,这一刻,多么好!

重复背了两遍,小小的华彩之后,他冲某个方向洒脱地挥挥手,有人拍了拍巴掌,有人继续吃喝。

他重新坐下,闭眼静了两秒……最终转向她,非常自如,面带不可捉摸的笑意,用声音温和地抚摸过来:"对不起,我想,我是当真了。而你知道,我们当初说好的……"

瞧,他多么聪明,多么会挑时候,又是多么会说话!还有比这更好的拒绝吗?像是醉后的心声,抑或是清醒的遁词——要不是他提起,她差点儿都要忘了,当初说好的,如果有人动心了,一切就该就此戛然而止。

顾不上四处的目光,她一边含笑点头,以示欣然同意,一边紧紧地盯着他的眼,无比专注,像看入一片辽阔葱郁的森林,并穿越人世间宿命的隔阂。

《钟山》2009 年第 3 期

名家点评

小说中那根"细细红线"正是男名人对红儿所说的界限:"我跟你之间,什么都可以,但绝对不谈恋爱,什么你爱我、我爱你之类的。"这个界限恰也是她愿意和他交往的原因。他们渴望成为另一个人,在肉体上实验。最终,"她与他,在相互交叉的最初,曾经可能葆有的明亮与光明,彻底消失了,现在,他们正把人性中最炽烈最危险的那部分,狠狠地掏出来,爆发出恶之花的绚烂"。人物"脱轨"的生活状态成为小说中最有意味的隐喻,是都市人渴望成为"他者"的行为艺术。事实上,对身在生活的无奈,是导致小说人物有诸种"暗疾"发生的原因,也是鲁敏的故事发生的原因,"暗疾"使不可能发生的变得可能发生,使本该平安无事的生活变得痛楚不堪。因而,这里的"暗疾",不只是病理层面的,还具有某种抽象意味,是都市人渴望从"此我"中逃离的隐秘渴望。由"暗疾"处,你会感受到作为人的卑微和渺小,你会发现,"暗疾"是人们心理阴暗的藏污纳垢之所在,也是人原谅自我和自我原谅的护身符——由小的病灶出发,鲁敏进而临近了人性的无尽的深渊。

文学评论家　张莉 ++++++++++++++++++

名家点评 / 当《细细红线》中图书馆管理员"红儿"出于仰慕、出于对自己丈夫的隔膜与厌弃,而很热切地与一个媒体名流交往许久后,不得不"接受这样一个事实:就算与他交往再多,她与他之间,真正的沟通与倾吐也永不会发生。她的热忱、对情感的最高期许,正是他决意要逃避的,就算这正是她最好的部分"。他们之间,永远都存在着"宿命的隔阂"。

文学评论家　何言宏 ++++++++++++++++++

创作谈 /

生活之虚妄,是铁一般的事实。众生来于尘、归于土,故而人们去画画搞艺术、去钓鱼去发呆、去赚钱去花钱、去找女人找男人。我的寄托则只有一个:对"人"好奇与贪婪,就跟纳博科夫酷爱收藏蝴蝶一样。我有个不太敢张扬的野心:我想收藏"人",人的伤疤,人的灵魂,人的失足,人的攀升。人性之种种,迷人而触目惊心。写作就是对人性的探测与抚摸。

有一年冬天,到一个偏远但还算发达的县城去,所谓调研之类。活动中替我们服务、讲解、朗诵的,是一位省城的前话剧演员,他身形修长、风度不凡,哪怕就是"要再添点茶吗?"也说得字正腔圆、音质浑厚,令人深感奢侈与绝望。我没有跟他有过半句交谈,我甚至不大愿意直视他。我意识到我将利用这个陌生的无辜者,用小说家的心态去揣度和豢养他人的命运,是非常之狭隘甚至是邪恶的。但我这样做了,像以往一样,今后可能也一样。

关于做人、人生,我们总是明白太多的道理与境界。淡泊名利,心远地偏,大隐隐于市,忠贞不贰,自由与正确,等等,但事到临头,我们常常没了原则与坚守，总是毫无内疚之心地、光滑地背叛这些道理，并且还能找到同样对应的另一些道理与境界加以支撑和解构。我们的哲学就是善变。第一秒内立志，下一秒钟走向其反面。有时，这是外界、环境、世风所致，大部分时候，无可推卸，这就是我们的本质。《隐居图》里的这对恋人，即是一个小小的例证。

这篇小说本来叫作《小城之冬》。我喜欢一部旧电影《小城之春》，费穆导演的，讲的是外面的闯入者与小县城的封闭者，春天的躁动与人性的压抑，难以改变的人物关系与人物状况。时过境迁，而今的小城根本不小，亦不闭塞，同样也是名利耸动的繁俗之境，普天之下，哪里还有真正"封闭、静止"的区域？所谓的隐居者更是伪隐居、被隐居。包括人们对于情感的处理，对于离合的认识，相互的体恤与隔阂，皆是相当的"现代化"了。顾及此，我改掉了名字。我们，既无"小城之春"，亦无"小城之冬"了。

鲁敏《小城之冬——关于〈隐居图〉》
《大家》2013 年第 3 期

隐居图

一

舒宁一直盯着他。他到现在都没有看她一眼,这说明他肯定也认出她了。过去多久了?总有十七八年了。太意外了,这是此趟小城之行的赠品吗?

他头发少了些,笑的时候,嘴角的皱纹如一对书名号;肩膀也变宽了,像落上了厚厚的时间的灰。舒宁心中叹息,同时也想到他眼里所见的自己。唉,初恋不宜再见哪。当然,他大样子还好,贴身的猎装外套,脖子里搭着藏青色围巾,在一圈土豆南瓜般的官员之中,显得殊为不同。小小的展厅里,他正字正腔圆地向各位尊贵的领导、来宾们介绍小城历史沿革与地貌物产,喉音在腹腔形成回音,所配的手势与身姿极其投入,好像这是一场为他度身定做的小剧场话剧,追光灯下,他正进行着一场解构主义的独白表演,所有这些在场者都只是籍籍无名的群众演员——简直就跟从前一模一样,大学社团的新年演出,他立于舞台中央,台下的目光爱慕地追随着他。

事实上,像任何一个这样的场合一样,众人松垮地侧头各自交谈,有几个忙着交换名片,另一些在手机上看微博——人们会在所有的时间地点看,包括马桶上,甚至做爱时吧。舒宁也在看,因为不愿一直盯着他。他"汇报"完毕,主持欢迎会的文化馆馆长一挥手让他下去,"不,等一下",馆长想到什么,一勾指头,他复又退回,俯身上前,馆长掩嘴跟他小声说了什么。他出去了,稍后重新出现,搬来一箱当地特色饮料:罐装酸枣汁。

……他为大家递送酸枣汁,身子半向前俯着,脸上带着推荐般的笑容……他走近到她跟前了,舒宁感到脸皮像被大风吹来,绷住了,干巴巴的。这些年,她曾设想过若干回,如果再见面,该是怎样的场景,吃饭还是喝茶,对面坐还是同排坐,第一句说什么,等等,这些细致的想象中,她似已跟他重逢过若干次了……她赶紧垂下眼皮翻看一本宣传画册,余光看到他在桌上放下酸枣汁。他手上有戒指一闪。当然,她早知道他结婚了。

一位副县长嗯嗯啊啊地开始介绍关于"城市纪念馆"的项目规划,领导如何重视,怎样了不起的规模,多么牛的前期策划,等等。舒宁仰着脸直点头,但完全走神了。没关系,不管他介绍些什么,她所在的集团都会包圆了所有的投资,这个才一千五百平方米的纪念馆是个不值一提的小项目,集团只想拿来表示对当地文化的热爱,而县里也正需要他们表现出这种高雅的样子,以便于他们"信任"地把另一商用地块以"公开招投标"的方式签给集团……这里头有点儿小名堂,但并不离谱,比起一些同行,纯洁得像婴儿。

只是没想到竟会因此与他重逢,当然,项目正好在他老家……可几年前,她拐弯抹角从师兄处打听他消息时,他仍然在市话剧团,已从资深龙套熬到男三号了,有时还是男二号B角;有一出他参演的剧目,拿到过政府奖,虽然剧名肤浅得像喊口号。真不知道,他什么时候回老家了?看样子定居下来了,还客串起这种解说员,怎么搞的呢这是?

晚宴吃得很活泼,几杯酒下去,文化馆那几位的艺术细胞全都痒痒起来,也是为了表示待客热忱,黄梅戏、蒙古舞什么的都来了,甚至有人唱起"道情"——还是小时候过年时,看到穿长衫的倚在门口,荒腔走板地来上一段,现在重新听来,更添一种物非人非的流逝感……舒宁听着"道情",一边暗中注意着他,他跟秘书、县报记者、宣传干事什么的坐在一桌,兴致不错,不时劝酒,真诚地替某个一饮而尽的人拍手。

馆长忽然喊他:"小孟,你这金嗓子也来一段儿嘛。咱们县在省台做的那个形象宣传片,不就是你配音的,来嘛,就把那个搞一下!结尾部分!"

他略为谦让一番,也便应声而起,走到几桌席中间,以一个传统的朗诵造型站稳,"搞"起了一段咏叹调般的长句,大致是"小城风流看今朝"之类,意境与词句很平庸。

但是，唉，还跟从前一样，哪怕就是一堆令人瞌睡的陈词滥调，到他嗓子里都显得那么摇动心魄。舒宁忍不住替他环顾四周，但随后的掌声表明，大家更感兴趣于刚刚端上来的辽参。

下半场，更闹了，在众人的怂恿，尤其是馆长那家长般的亲昵呵斥下，他又表演了两段伟人演讲，还出色地模仿了瘸子走路与结巴谈恋爱。他的同事们一定已看过多次，但依然笑得十分响亮，看得出，他们实在太喜爱他的天才啦。馆长殷勤地对着舒宁招呼，像推荐一道特色菜："舒总啊，这个小孟是我们的活宝，学什么都像的！你随便点……"

直到带着项目组到孟楼那桌敬酒时，舒宁才找机会站到他一侧，一边把她的名片悄悄塞进他椅背上外套口袋里。只好这样了。

接下来有两天，她都待在县城，既然碰上了，肯定要叙叙的，何况他现在成了这样。

舒宁是大二时在校里"雷雨"剧社认识的他，他高舒宁一届，是剧社明星，好几个女生都是因他才入了剧社的。当时，舒宁几乎是怀着一种幸运儿心态跟他谈起恋爱的，他满足了舒宁对浪漫的寄托：跟心上人一起在小舞台上又哭又笑，制造神经质的纠缠与破碎……

他先一年毕业，没有考研，因为"艺术不需要裹脚布或文凭"！他四处找机会，一条心地就想进话剧团，甚至还傻乎乎跑到北京人艺去过，其中各种踏空与曲折略去不表，最终，他进了市话剧团，消息传来，一时轰动——要知道，他的专业是完全不相干的信息物理！了不得啊，未来的濮存昕！"雷雨"剧社的同学们围着舒宁直嚷嚷，要她请客。舒宁却拂开大家，她不好意思说出来，她一直盼着孟楼进不了话剧团，然后好好地做回他的物理专业——话剧么，就是玩玩的，怎么好做终身职业呢？会过得很寒碜的！她与他争论过多次，均处下风。校园的气氛，以及不谙世事的年轻人心里，艺术永远理直气壮。

事实与她所料想的差不多，在有着四十多年历史的市话剧团，他一个新来的业余选手算个什么呢，就是排队做备胎也要排个十年八载。上不了台，演出津贴就少，他活得还真像个潦倒的未来大师了。不过他本人浑不在意，痴心如旧，白天黑夜地恶补经典录像，还跟着小编剧、导演助理、舞美设计什么的到处乱混，为着那些注定会胎死腹中的剧本激动得争论到三更半夜。

舒宁这时也忙，大四是"求职年"，剧社活动早不参加了，连正经课也是连混带翘，家里各方关系都调动起来，最终，她总算签进了现在这家集团，可靠的前景像簇新的画卷一样展开来……

在舒宁工作一年，差不多也是他们相恋四年的纪念日，舒宁决定好好庆祝一番——就在这个晚上，孟楼却与她谈起了分手。

二

再次看到舒宁，孟楼的第一个念头竟是庆幸，多么老派的自尊心哪，庆幸当初他提出了分手，这真是个智慧的决定，他早就看出，她是"大于"他的。

是的，大于、小于或约等于。这是孟楼对人与人一个极其粗简的划分。同一个宿舍里的哥们儿，或是系里诸位教授，他能够像"把下列有理数按照大小排序"这样的，把一串人都排出来。这种大小，关乎格局、志气，还有运数，他常在心里排着玩儿的，并比照验证。真轮到把自己跟舒宁一比，孟楼立即意识到：不对。

看看哪，十四年过去了，她果然就大了，都成文化投资公司老总了。寒暄时社交化地夹杂着轻松的笑话。吩咐手下时居高临下却又相当客气。身形与肤色被照顾得很周密。精美的皮包。还有手上名贵的腕表：他发酸枣汁时认出那牌子。多么典型的一个"大"女人啊，就像电视台女台长、进了常委的女宣传部部长之类,这正是她所要的吧。可内心里,孟楼又感到,她置身在这个角色里,实在太老气了,整个人看上去那样硬邦邦的,他简直有些不忍心。还记得,剧社排练时第一次见到,她连句台词都没有,碎刘海参差着搭在眼睛上,那样兴奋而亮晶晶的!唉,他真喜欢最初的那个她。在那个所谓纪念日的晚上,他花了多大劲儿才跟她分的手啊。

……当时,舒宁正撒娇着回顾她工作一年多来的各种"进步":小跟班升到项目助理,薪水从一千五到两千三啦,已经有了三套职业装之类的。孟楼仔细听着,不时灌几口啤酒,默默体味着这最后的亲密时光,心里像有长长的大货车碾过。他还是喜欢她的,她的眼神,钻石一样有棱有角、微微闪光;她敢于打击他的幻想,可也懂得欣赏他的戏……他听到自己干乎乎地吐出那句卡在喉咙里的刺:"我觉得,我们两个可能是要分手了。"

"你觉得什么?"他看到她的表情,像新手头一次公演时听到搭档念错台词。

"你明白我没有变的,是你快要离开我了。"孟楼简单解释,不想说阳关道或是独木桥之类的蠢话。

舒宁没吱声。她那么聪明,当然听得懂他在说什么。

的确,有一些日子了,两个人的相处开始变得费劲。

她会用开玩笑的方式抱怨孟楼，语气很像个小妈妈，说他太惰性了，纵容自己吊死在舞台这棵光秃秃的树上。她还像个好家长似的买了排行榜上的必读书，如《发挥潜能》《输赢》《一分钟经理人》《创造力》之类带给孟楼，对了，还有极为风靡的余世维演讲录像带——舒宁用颇为崇拜的口气提起这家伙，据她说，公司每个星期组织他们全体看两个小时余世维，常常掌声四起，每个人都恨不得捋起袖子大干一场。一边说着，舒宁的眼睛比平常更大了两倍，搞得孟楼都不好意思直说出来，他有多么讨厌余世维，讨厌他那种南方普通话，讨厌他繁复的手势，以及他那唾沫星子都要喷到屏幕外面的自信。什么挑战自我、创造潜能！简直像有一只上帝之手在统一指挥似的，整个时代都在发出这样雄壮的、齐心协力的大合唱。孟楼勉强也翻翻舒宁要他看的书，老天，都是同一种咄咄逼人的调子，自我催眠的狗屁逻辑，太恶心人了！

舒宁却恨不能嚼碎了喂给孟楼，连亲热时都试着向孟楼概括、讲解，孟楼心中生厌，假意嘻笑地捂上她的嘴："你被洗脑了还不够？非得拉上我？"

舒宁一把扯下他的手："根本不需要洗！我们生下来就该这样。毛主席说：'好好学习，天天向上。'鲁迅先生说：'不满足是向上的车轮。'谁他妈的不想往上走，就是他妈的反人性、反社会。"她说起粗话，突然间那么生气，脸都红了。

孟楼索然。舒宁却又挨近他："你真甘心就这么默默无闻做个没鼻子没眼的小龙套？趁早改行吧，搞舞台剧没前景的，就算拼到男一号，还是没前景！现在谁有闲心看戏啊，一个个儿的自己涂脂抹粉跳上跳下还来不及呢！"

"做自己喜欢的事难道不是最好的前景吗？"孟楼忍不住争辩，却看到舒宁露出那种笑——他一用反问句，舒宁就讥笑他像念台词，并嘲弄他厚厚的胸腔共鸣。被她说得多了，孟楼自己也怀疑了：是不是一激动起来，就以为自己是在舞台上，有种被催发了的悲情感以及自我中心主义？

这个纪念日之夜的后半场，气氛急转直下，破绽处像棉絮越扯越多。可能是赌气也可能是诚实，舒宁承认有个叫李鸣的高中同学一直在追她，实际上，她现在这份工作，李鸣家里人也帮了点忙……稍后，她又警觉地反问孟楼："你是否，在剧团也有了互相喜欢的人？"她语气怪怪的，说她清楚那些名堂，灯光下的歇斯底里、浑浊的后场、深夜排练什么的。

唉，看她都乱讲些什么啊。孟楼默然，这样她说不定会感到平衡，有台阶好下。隔了一会儿，孟楼夹起一块干切牛肉，慢慢地嚼，一边含糊地安慰舒宁，也算是安慰自己："没事，没事的，会过去的。"

舒宁动作很大地倒下一大杯饮料，喝酒一样仰头死灌，脸上泪水纷披，幻灭中带着一种坚毅的现实感……孟楼感觉到，她小河般的泪水，不仅因为与他的分手，也是在与最后一丝奄奄一息的浪漫主义分手。

分手不易，重逢似乎更甚。

……整个接待过程之中，孟楼全力避免去看舒宁，这有点儿困难，也很假，可是他是真没想好，该用什么表情去看她！唉，真像是在琢磨一个刚接到手的陌生角色，为什么要这样费心思？其实一切都像有大灯照着、明晃晃的，她已经看到了他的处境了呀！

幸好，给各位领导、各位来宾介绍县城概况这种事，张口就来，无须用脑。这种介绍，孟楼几乎每个月都要来个三四回，现在到小城来考察、调研、采风什么的团队，实在太多啦。这一次，是她来了！尽管明知她已不再是她，可内心里，如有妖怪般的力量在驱使，孟楼有一点发癫、挺使劲儿地表现着，像快要坠落的水滴，通过这水滴上一点可怜的光泽，他沉入往昔的荣光与绚烂，她所熟知和见证过的……很快，他从幻想中清醒过来，心中加倍地恼怒。这是干什么！

他很高兴馆长使唤他去搬酸枣汁，他可不就是该干这个！

包括晚宴时那些上不了台面的模仿表演——其实，孟楼平常并没有这么好说话的，同事们跟他打交道时，也会注意到他时不时发作的傲慢……不知是出于什么样的古怪心理，这天晚上，他故意做小伏低，配合着大家的起哄，起劲儿地学着瘸子与结巴，还跟一个摄像师粗鲁地拼了点酒——好像越是这样的给舒宁看看，心里才越是解气。解的算是什么气呢，真也说不清楚，气舒宁是一点没有道理的。早在多年前，她就预言过他将吊死在这棵艺术之树上。"光秃秃的"，他还记得她用的这个词。

他注意到舒宁往他外套里塞名片了。其实，她就算不给，他很方便就能打听到她的房间，就像他们今天随时可以方便地相认、搭上话……可他死命地、死命地想要推迟这个时刻。

晚上回家，孟楼钻进书房，慢条斯理地整理了一会儿杂志；还帮着妻子拖地，弄这弄那。他固执地不去看外套，并且一进门就把外套挂到黑乎乎的衣橱里面，好像这个季节都不打算再穿了。

真熊，到底怕什么呀，有点儿男人样吧。不就是跟大学女友见面，不就是自己不如意而对方正春风，这样的事情世界上每天都有吧，没什么的。可是，老天爷啊，就是有根筋一直支棱着，孟楼感到气息难平！换作别的老同学也就算了，可在她面前，他真没办法从云头上跌下来，好像这样一跌，他就彻底地垮塌、不可救了。

这天夜里很久，孟楼都还在冥思默想，又不敢翻身，直到凌晨，借着上厕所，他悄悄从衣柜里摸出名片，捏在手上，从卫生间的窄窗看外面黑沉沉的夜色，一只野猫在叫，凉意中感受到一种微妙的心境。不如，仍然走当年的老路子，玩清高吧，索性就来一出隐居图好了。

三

舒宁等了整整一个晚上，连洗澡都把手机带到卫生间，原来设置的 12 点手机自动关机也取消掉。当然，一直都没响。

她站在酒店五楼的窗口看外面的夜景。神舟摩托车行、宝姿专卖店、大润发超市，各种彩色招牌认认真真地闪着。这夜色跟省城还是不一样的，更粗糙，更即兴点，既不够好也不那么差。想想他，而今就在这么个地方，白天黑夜地过着他的日子。

躺到床上翻着频道看了会儿财经新闻，估计着丈夫的应酬该差不多了才打电话。现在回看，舒宁仍然认为选李鸣是对的，是的，就是那个老乡李鸣。老实讲，跟孟楼比起来，李鸣真普通得像棵大白菜，并没什么奇崛的梦想，只会死盯着眼前的一小块肉不放，考个会计证，竞聘部门助理什么的，并用他那矮趴趴但热气腾腾的现实主义，渐渐覆盖掉她最后那点儿小尾巴般的艺术迷狂……但扪心自问，李鸣与她，在价值观上是默契的，与整个时代也是默契的：晋升、出国、买别墅、换车子、替孩子择校、投资、广结人脉，真有种欣欣向荣之感，他与她，与他们的朋友以及他们的妻子，聊天的话题是网球教练的比较、有关奢侈品的冷笑话、绿色有机农场购物体验、某家越南餐厅的特色菜等等。这正是大众意义上的成功吧。

李鸣大着舌头接了电话。舒宁是要谈儿子。她手机捆绑着儿子的校信通，不时会有报送分数与排名的短信，每条都是噩耗——好不容易又花钱又用关系地进了这所重点中学，要听任这样的趋势下去，一步落、步步落，将来到社会上可怎么跟人拼啊，人上人或人下人，那完全是天壤之别的！这些道理，舒宁一谈起来就没完没了，连她本人都不耐烦于这些老生常谈的调调子。

李鸣叹口粗气打断她，嘟囔着说要给老师送点厚礼，再不行一门课请一门家教……这些办法虽然有点儿粗暴，但也只有这样了。挂电话前，李鸣忍住醉意、疲惫地安慰舒宁：小孩迟早是要送出去的。那个谁谁谁的儿子或女儿，在新西兰如何,在德国如何,最后不都混出来了吗?舒宁心里好受了点儿,同时又想到,钱赚再多,也都抵不上花的,儿子出去,一年二十万是起码的。总之还得继续加油啊。

快要入睡前的迷糊中,舒宁涌上一个假想:倘若当初嫁了孟楼,那么刚才通电话的孩子爸爸就是孟楼,在她与他之间,真要谈起关于孩子的教育,唉,估计肯定也是谈不拢的。这想法让她感到甚是无趣。实际上,刚认出孟楼的那一刻,她还有点儿对逝去时光的浪漫追念……可是瞧瞧孟楼都到这一步了,别乱想了。

与孟楼的真正相认直到第二天下午。舒宁一行参观过下面几个古镇回到酒店,离晚饭还有半个钟点,孟楼从前台打电话来,说在大堂等她。

他换了围巾——蓝灰条纹!特别像她以前送他的那条,不过分手时她流着泪要回了,本想留作纪念,而今却全然忘记丢到哪里去了。"这里比省城冷,还习惯吧。"他大方地招呼,那淡然的表情跟脖子里引人遐想的围巾完全南辕北辙。舒宁一愣,对局面没了把握,决定不邀他到房间了。

大堂里人来人往,有人大声讲着当地方言,偶尔有装扮得过分隆重的女士傲慢地走过,完全不合适谈话。

"你怎么回老家了,什么时候的事啊?"舒宁不得不提高音量。

"我回来都六年多了。市话后来并入到省话了，精减掉不少人。正好这里文化馆缺人，调动办得很顺利。"孟楼在侧面的沙发坐下，语速稍有点儿快，缺少起伏，像在对台词。

"那你家那位？"舒宁从别处听说过他的婚礼，提供信息的八卦人士很体谅她的好奇，补充了不少新娘的背景资料，说是个要强的中学教师，原来在某个县中，后来通过竞聘一路考到省城。

"离了。她接受不了我再回小城。儿子嘛，倒是跟着我，也回来了。"孟楼如叙日常，还招呼着叫了两杯红茶。舒宁盯着他的脸看，一边又像从前一样地想到，以他的专长，装什么表情都可以的。

"那现在？"

"在这里又找了。做海产批发的，因为生不出孩子离的婚，对我儿子可好了。还特别会烧菜。"听他用满足的口气说到家事，舒宁更觉别扭。何至于此啊，她似乎都能闻到那个女人满身满手的海腥气。

"你一定是觉得我很惨吧，这一路滑下来！"孟楼像是忍俊不禁，"太多人这么说呢。我都习惯了，就默认我混得差吧。"

舒宁直盯着他,像鼓励小孩子似的点起头,表示愿闻其详。她真愿意他说出点儿什么与众不同、结结实实的理由来……怜悯旧日恋人,这滋味可不好受。

"别这么瞧着我。其实也没什么特别。"他沉吟着躲开目光,"我一直就是想不通,为什么只要谈起成功来,大家都是一副饿了三天三夜直流口水的样子。飞黄腾达真的那么必须、那么唯一?搞得这么挤挤挨挨打打杀杀的。其实,进退枯荣,各有不同,我就守在我这一边好了,你们那边,实在是太挤了。"孟楼嘿然一笑,还真有点儿静心静气的不争之境。

舒宁暗中皱眉,竟然还是老一套……很久以前,他就说过差不多意思的话,这么多年过去,物质主义有如原子弹之爆发,其刺眼的光亮与巨大的阴影铺满整个世界,他的迂阔与固执竟一成不变。这是他可悲哀之处,还是了不起的地方呢?

大概是见舒宁的表情很不带劲的样子,孟楼想了想,像是要进一步举例来证明:"我真过得挺舒服的。每晚,我和马燕,她叫马燕,我们坚持有三年多了,每晚用热水泡脚,带脚底按摩的那种电动脚盆,泡20分钟以上,泡得浑身发汗,一边说说白天各人干了什么、明天买什么菜之类的。晚上泡热水脚,真很舒服的。"舒宁一动不动地盯着他,听他说关于洗脚……大堂里仍是一片喧嚣，不相干的人或停或走。"我家马燕啊，对什么事都心满意足的。正好，我这性格，也就适合这样，没什么大出息，不紧不慢地过。"

好吧，你就永远仙风道骨吧。舒宁心中愤然："完全放弃话剧啦？你不要你的才华了？想想你当初！"

孟楼好像有点儿惊讶于舒宁说话的语气，他哂笑着："其实，我喜欢舞台，就是喜欢那种'如梦如戏'的意思。大幕一拉，又蹦又跳；大幕一落，黑咕隆咚。"他闭起眼睛："……多少次，五颜六色的好戏散去，灯光一簇簇的没了，下面的人声也一层层远了，我站在大幕后，就像这样，闭起眼睛，闻着台子上空荡荡的灰尘味，心中总会十分的触动，有种令我害怕的领悟，似乎什么都是假的，一切都是必然要失去的……"猛地惊醒一般，他睁眼、打住，抹了把脸，感慨而世故地摇摇头："总之，还是你从前说得对啊，艺术什么的，就是菜尖上的一小撮芝麻：有，可以；没有，也成。"

舒宁心里摇摇头，深感这番谈话的隔膜、缺乏真诚，甚至觉得他脖子里的围巾也不顺眼起来，当初自己怎么会喜欢这种花纹的。

快要告辞时，孟楼邀请舒宁明天到他家去："感受下小县城的生活吧。尝尝我家马燕的厨艺！"

也好,他别的还能有什么呢。舒宁忙笑着点头,表示很期待。

四

孟楼感到酒店大堂那一幕自己的表现很不理想,说辞空洞、不自然,远不如计划中的出世。只但愿通过家宴可以重新加点分。

可是加分做什么?要在谁面前做好学生啊?说来说去,其实还是过不了自己这一关。舒宁真是最了解他的,她那样理所当然地诘问到了他的舞台之梦,像尖玻璃一样从他心上划过去……他好不容易囫囵起来的日子,又这样给生生地拉开了血口子,她让他记起了他那有着非凡梦想的年岁,也让他再次确认了所有狗屁梦想的坠落。他真不敢回想,当初是怎么下的狠心,做出那个离开话剧、离开省城的决定,就像亲手把自己掐死、亲手挖了坟墓,又亲手把自己给填埋进去。但是,老天爷啊,他能怎么办!所谓市话合并进省话,只是让大家就势下坡罢了,形势早就清楚得很,话剧什么的,真的要散场了。他的整个青春,前面所有的努力,也散场了!当然,也可以想到办法继续滞留在省城,改头换面、低眉耷眼,到培训机构里混混,教教普通话……但当时的气愤与绝望,真到了目不能视物的地步,就想远远离开这个粗鄙的城市,这里,容不下也配不上舞台或诗人,艺术跟道德一样,都是用来喂狗的……

可是,他也真是忽略了"人往高处走,水往低处流"的老话了,老话总有莫大的智慧,谁要逆着来那绝对就是自取其辱……人们的推理总是这样:咦,孟楼怎么下来了?该不是犯错误了?有毛病?出事了?回到县城的头几年,他所感受到的来自外界与内心的各种物理变化与化学反应,真像把五脏六腑扔到粉碎机里转了几个来回。那一阵子,每天出门前,他都要对着镜子练习怎么笑——苦习多年的表演术,这下派上大用场。

唉,算了,好歹那最沉沦的阶段是挨过去了,任再说什么,简直连祥林嫂都不如,尤其的,不能跟她说……重要的是把眼前这几天对付过去。是的,就坚持那个策略吧,要表现得超脱、我行我素。她没准儿会信这一套的。

孟楼和马燕起了个大早,去了县郊一个相熟的农家菜圃,买了矮脚黄、心里美、青蒜、鲜藕,又称了花生、香米与鸡蛋,捉了只母鸡;另在一家豆腐店里买了老豆腐、特色茶干;海产么自家就有……他跟马燕强调:这个舒总不一般,人家是要投资县里纪念馆的,文化馆领导吩咐了,要利用这层校友关系好好招待。孟楼流利地说着,心里滋味并不好,其实可以跟马燕说实话的。不过算了，不要给马燕添乱，再说他压根儿没想要怎么样。

马燕笃信，加之有领导"交代"过的，她更是上心，在厨房里转悠着盘算菜式，表情有些严肃。她仍跟平常一样，羽绒衣外头又加了件红格子罩衫，耐脏，挡风，可也更显得臃肿了。孟楼看了几眼，决定不讲什么，是的，他偏不要马燕收拾得漂亮。

舒宁提前几分钟来了，手里抱着一团花，派头而洋气地站在门外，长靴子高得离谱，显得亭亭玉立。她一步步走近，站到马燕身边，既生分又热络地拉起手寒暄……她们站在一块儿，差异相当触目，简直就像今日孟楼与旧时孟楼的差异——对这情形，虽是早有心理准备，孟楼还是百感交集。他闭闭眼睛，等心里的抽搐过去，随即又感到一种奇异的舒服。就是要叫舒宁亲眼看看，他这粗糙的生活。

倒是舒宁自己不好意思，连忙脱了羊绒大衣，解下长围巾，作势要找围裙帮忙。马燕哪里会让，她涨红着脸，打架似的拉扯："哎呀，舒总，看你，哪能弄这些。再说我这就好了！"

孟楼站在一边看着笑，把舒宁引到阳台坐着晒太阳——这房子是单位自建房，阳台极其宽大，当初到马燕家相亲，简直预先就看中了这个大阳台。小城无大事，他本又不喜欢打牌吃酒，自再婚以来，一大半的休息时间都在盘弄这块阳台，弄着弄着，竟慢慢喜欢上了，有时想着，所谓的田园归，说不定也都是弄假成真的。

此时正是初冬，日光穿过玻璃在淡尘中穿行，更显生机。滴水观音有大半人高，茶花开了几朵，金橘颜色已深，梅花打了苞，还有君子兰、长春藤与虎皮兰。一只大青花瓷缸里，四五尾锦鲤停住不动。依照孟楼的安排，吃饭桌子也就摆在这些花草当中，马燕已经把上面摆得满登登，藕夹子与炸春卷的香、烫青蒜与老豆腐的香，糯米饭的香，柴鸡汤的香，那么自在地飘着。马燕进来拉着舒宁坐下，她自信于自己的厨艺，脸色油光光的，小喜鹊似的不停地给舒宁让这个让那个。

舒宁满口称好，吃得却极少，每样只尝一点，还要了碟醋，把油通通涮掉，她解释：要保持体形……孟楼心中摇头，记得大学时的她，可真能吃，狮子头能连吃三个，那时候排戏，还没到吃夜宵的时候，她就提前馋上了，伸头探颈的。工作后挣钱了，每到周末就要盘算着要到哪儿吃道特色大餐。这么些年，他一直记着她爱吃的东西：藕夹子和炸春卷。

舒宁吃得不多，说得倒多。她看看身边的花草，看看玻璃外的太阳，喜欢得直叹气，抱怨大城市严重的食品问题。说到"慢生活",这是最流行的生活理念知道吗,自己找块地方,卷裤脚下地侍弄果蔬……接着又感慨起空气与交通,"你们这里空气好!白天真能看到白云,晚上真能看到星星!我们那儿多惨,不论办个什么事,一大半的时间在路上,尤其是该死的饭局,唉呀,客人甲堵在城东,客人乙堵在城南,主人自己堵在城北,大家在路上吃尾气都要吃饱了……"

马燕听得直咂嘴,两只小眼睛里全是同情,伸手拉起舒宁的胳膊:"怪不得呢,舒总你细胳膊细腿的,一点肉都养不出来!"

舒宁顺势往马燕身边靠靠,亲昵地打量着她,满脸羡慕地:"其实我就喜欢你这样,想怎么穿就怎么穿,想怎么吃就怎么吃,完全是为自己嘛!知道我的腿为什么看起来这么细,因为我没有穿棉毛裤,更不用说毛线裤,再冷也不穿,否则会被人笑话太老土!还有哪,十二公分的细高跟鞋,与每套衣服配套的丝巾与耳环!周末那么累还要去做SPA,去做普拉提!忙着精心折腾,然后还要装得无所谓!唉,我真烦透这些啦。"

孟楼听得有些奇怪,知道她平常应酬多,今天特地没给她备酒,怎么倒像在说酒话一般呢。他冲马燕使使眼色,马燕倒也机灵,起身拉着舒宁到厨房那边的北阳台去。那里是她的地盘，钉钉挂挂、坛坛罐罐的满是东西，家灌香肠，几提溜子咸肉，还有风鹅，摊着的箩筐里则是各式咸菜和海货干。这是她一个冬天里忙活出来的好成果。马燕有点儿得意地展示，手里拿着几个方便袋，一迭声地让"舒总"挑，看中什么，带回家去给爱人尝尝，保证味道正宗！

舒宁张大嘴巴东看西摸，样样叹为观止，简直像是崇敬般地看着马燕，最终，孟楼瞧着她们两个又拉又扯了好一阵，舒宁却只要了一点辣白菜条："家里都不怎么开火的，白放着也会坏了！"

整个家宴，其实孟楼都没跟舒宁说上几句，直到送她回酒店，两个人才有机会独处。酒店不远，他们步行。正好沿着一个小公园的狭长绿化带——县城就像个有了些钱的小户人家，开始注重形象，这几年更热衷于做绿地、建广场，这个公园虽小，却收拾得相当精致，加上本地人冬天不爱出门，更显得视野宽疏，天地干净。

舒宁把长围巾往下扯扯，长叹一声："哎呀，真谢谢你，谢谢你家马燕……孟楼，你说得的确没错，这里再适合过日子没有了。"

孟楼心中一晃悠，这么容易就取得效果了？他冷静地抿住嘴没作声——他高度怀疑，舒宁刚才在桌上那些表现，都是演戏，是为了给他面子，为了照顾他这点可怜的小城情趣，到底是"雷雨"剧社成员啊。

舒宁故意不走正路，只往公园小径深处走，像小姑娘似的四处捡拾银杏叶子，比较看哪一片叶子的形状最为完美。孟楼记起来，以前舒宁的英汉大字典里，总也夹着枫叶、雏菊、玫瑰花瓣什么的，时间长了，叶与花皆又干又脆，稍不留神一碰，便成了碎末儿，舒宁会因此责怪他毛手毛脚，可他喜欢这样的责怪，因为这是她身上并不多见的天真气息。

舒宁捏着一把树叶，环顾四周，深深吸了几口冷冷的空气："看，这里真像个欧洲小城！上半年我们到英国考察，那些小镇，就是这样的，慢吞吞、稀稀朗朗的，看不到什么人。你这个选择值得佩服，你现在拥有天伦之乐，拥有真正的大自由……"

听她真诚的语气，还有她蹲下来的姿势，以及手上那把略有点儿焦枯的银杏叶……孟楼有点儿动摇，像是有人在体贴地拍拍他的肩，浑身有点儿软乎乎的，他借着她的眼睛四处张望，心中一时恍惚，好像这个天天看着的小城被另外罩上了件新衣服似的，拥有了特别的魅力。莫非她说的也有几分道理，他在这样的失意与沉沦之中，反而触到了生活的根部？

不，当心啊，寒冷中的人最容易幻想火苗了，耳朵根子别太软了，不仅是她，还有别的许多人，但凡是从大地方来的考察团或访问人士，都会在酒足饭饱之后发出这样的漫漫感叹：什么物价便宜、空气好、古风犹存之类的，把小城说得像一朵雪山顶上的莲花……可是，每次听着，他都会在心里冷笑，明白那纯粹是"到此一游"的心态，是从高处往下看的优越感，是撒娇与牙疼话，当真让他们扎根住下来试试，包括舒宁，她真能安于这样的寂寞小城？没有地铁与摩天楼，没有金融峰会，没有香奈儿与古驰。省省吧，所谓的解甲归田、采菊东篱，只是一种美学存在而已。他们不可能来真的。

这么一想，孟楼突然有点儿骄傲起来：我做到了。只是少了个"解甲"的动作，他没有挣到黄金甲，就直接归田了……这一瞬间，他感觉到，在对这张假冒隐居图的描红过程中，有了小小的快意，甚至对小城重新萌发了一点羞涩的感情——他知道这感觉并不可靠，可是，就这会儿，他要抓住这短促的感觉，像舔小硬糖似的节俭使用，以调节他将来漫长的灰败情绪。

……孟楼继续保持着淡笑，对舒宁的赞美既没有附和，也没有反驳。

到酒店了，他注意到舒宁举止犹豫，似是想挽留他，请他上楼坐会儿。他心中闪过软弱，随即咬咬牙强迫自己，坚持下去吧，那今天这一场就完全地成功了。他主动冲舒宁挥挥手道别，没有任何多情的、带有旧恋人身份的表示。

五

看着孟楼毫不犹豫、步子笃定地走出了酒店大院，舒宁悄悄放下窗帘，也不知心里是什么滋味。孟楼真的对自己一点不留恋了！他一如当年的硬气，瞧不起自己这么俗气地浑身发亮吧！看看，不管到哪一步，艺术家，哪怕是落魄的，也总归高人一筹——他越是这么冷淡的，反而越有吸引力似的。她刚才是真想再跟他多待一会儿的！

忽然发现手上还紧紧捏着一把银杏叶呢，于是跑到卫生间小心冲洗，再逐枚用纸巾细细擦净。无意中抬头，台盘上的镜子明晃晃的，里面那个擦着树叶的自己看上去真是幼稚而滑稽，还有点儿勉强。其实刚才在小公园捡叶子的动作就有点儿做作了，哪有四十岁的女人还蹲在草地上玩这个的？就是二十岁时的男朋友在场也不对！更何况，这个男友说不定早看出她这是在装纯真。

带着收拾好的银杏叶离开卫生间，在房间转了一圈，却找不到合适的地方可以收起来，没带书出来呀，现在有只IPAD就够了。再说，就算真带回去又怎么样，几片叶子嘛！

想想看，当年这小嗜好也着实可笑，包括刚才冒出来的想邀孟楼上来叙旧的想法……也是一样的可笑吧。

舒宁把叶子扔到写字台上，重新回到卫生间，审视着镜子里的女人，整理下脖子里的项链，长长吸一口气，感觉又回来了，她习惯自己这样成熟、精干、无所羁绊的样子……想想今天看到的马燕！满脸的粗毛孔和褐斑，老棉窝子和羽绒服，油腻腻的大罩衫，一双手红肿得不成样子，指甲头因为择菜而变得黄绿……第一眼看到她，舒宁即感到一丝侥幸，想想看，如果自己当真跟孟楼结婚了，并忠诚地跟他回到这小地方，准也会成了马燕这个样子的！她惊恐地看着镜子，好像看到自己发胖、邋遢起来，跟马燕合二为一……当然，马燕是个好女人、好妻子，但她舒宁决不能忍受这些，简直就是噩梦。

这顿饭总算过去了。说实话，她真为她刚才跟孟楼及马燕讲的那一大段而感到害臊，什么原生态、慢生活、天伦之乐，还欧洲小镇！是谁塞给她这么蹩脚的台词，竟还讲得那么逼真，就算是为了安抚孟楼，也不该演得这么过头的，孟楼不会信的，他清楚她会如何看待这一切——是的，她无法欣赏这样的生活！这小城固然悠闲自在，那小阳台固然也是活色生香，可生活的意义难道就是好饭好菜、几盆花草、消消停停等着养老？还有马燕的那堆腌菜与腊肠，唉，真是迂腐的小城传统啊，她的食谱里早就拒绝腌腊制品了，送给她也不会拿的！

嘘，别嘴硬，等等、等一等吧，客观一点，刚才所有的表现完全都是假的吗？

好吧，她承认，上洗手间时，她情绪有点儿低——她看到了那只电动洗脚盆。就是孟楼前一天提到的，说他和马燕每天一起泡脚……对那个，她心里是有些酸涩的。要知道，她跟李鸣，真不知多久没有一起吃顿家常饭啦，更别提泡脚什么的。毕竟，两个人多年打拼，这眼下都算是有头有脸了。而什么叫有头有脸呢，就是海量的饭局，一切的业务与人情，于公于私，万变不离其宗，归到最后都是饭局！他们夫妻，想想也真是既荒诞又可怜，每天每夜的，都不知道对方在哪个席面上飘着呢，深夜各自到家，或是醉或是累，根本连话都懒得说了……可是，若偶尔哪天没有饭局，一个人或两个人干巴巴地坐在餐厅，却又深感不安而空洞，只应付地随便打发一顿。

类似这样的空茫感在最近几年常常来袭，就算事业或家庭都像大牡丹花似的漂漂亮亮，但内心总有强烈的不踏实感，似乎丢失了个什么，还是样挺重要的东西……有的时候，晚上应酬结束较早，舒宁会开着车到紫金山道上转一圈，看车灯的白光打着两边黑黢黢的沉默树木，她这时会把音响扭到很大,反复听她最喜欢的《沉思曲》,古老而悲戚的调子,沁人心扉……莫名的残缺感中,她会冷不丁想起孟楼,更准确地说,是想起了与孟楼交往时期那个遥远的自己。以孟楼为界限,孟楼之前,她还算是个欲望散淡的女学生;孟楼之后,她便一次性地踏上了永动机般的功利轨道……

舒宁笔直地坐着,审视自己,在脑子里细细地过,过她今天脱口而出的那些应景之词,像把不同颜色的豆子分拣开:那里面,真的同情占多少,假的羡慕有多少,潜在的反讽与自嘲又占多少。她想起了她七年前第一次出国,到纽约,与同伴一起逛第五大道,那是全世界的十字路口,名品广告及股票指数在顶天立地的液晶屏上滚动,寂静中流金淌银、排山倒海,令她产生如临深渊般的焦渴与绝望:太高级、太强悍了,在那面前,她连个蚂蚁都不如,充其量,她的一生,只能在另一个半球勤奋编织着她所自以为是的小中产生活……实际上,每个人都是一枚石子,就看老天爷随手把你丢在什么角落,你骨碌碌挣扎、滚动着,沉入你所在的城市或小镇,此后,你的视野、梦想与悲喜都在这个既定的格局之内。所以啊,当心,她跟孟楼,其实不就是五十步与一百步?她并没有怜悯或评判的资格,像个假冒的上帝。真肤浅哪,她早该留意到孟楼的姿态——

像剪辑师换了个视角把镜头重新处理，舒宁把整个午餐及刚才的散步又回顾了一遍，这次的重点是孟楼，她非常警惕地搜寻，最终有点儿惊讶地发现，在上述那些被视线选中、反复拉近的特写镜头之中，孟楼并没有任何特别的表现，像个刻意的隐身人一样，他一直都那样淡淡的，似笑非笑。不管舒宁跟马燕的惊愕初见，其后打得火热，以及舒宁在大发感慨，或在草地上捡拾树叶……舒宁接着往前倒带，刚见面那天，孟楼投入地担任讲解员、勤恳地替大家发放罐装酸枣汁，稍后晚宴上小丑般的表演……舒宁一再刷新这些画面，慎重地推断，显然，这里头有些前后矛盾，孟楼既不像最初看上去的那样神经质，也不像后来这样努力展现的平静……舒宁有点儿激动。这样自我遮蔽的，既悲惨又傲慢的孟楼，反让她心生向往，想要更深地接近。

再说，她也很渴望跟孟楼聊聊她的生活啊，尤其要告诉他——她并没看上去的那么繁华，或那么贪慕繁华，她现在已经领悟到，生活里必须有些非物质的、似乎无用的构成，那可能正是她早年间弃之身后的。当初，她太年轻！不懂得这迷雾般的生活。

手机响了，有短信，连续两条呢，舒宁慌乱地打开——校信通而已。一条是提醒第二天要收下个月的午餐费；一条是月考成绩，儿子仍是倒数，但是这回她没有以往那么生气了，气什么呢,孟楼那些话的确有些道理,成功真的那么唯一吗?纽约第五大道的橱窗或小城人家的泡脚桶,谁能说得清楚这里的蕴意啊。她想了想,给儿子发条短信:"小子,放学打会儿篮球去吧,长个子最重要!"

儿子回了:"老妈,你中午喝多了?"

六

一大早醒来,孟楼提醒自己,舒宁今天就会走了。她最后半天的安排是听取本地文化人士座谈,以敲定进入纪念馆的蜡像人物。文化馆安排他和另外一个同事也参加了,纪念馆将来的解说词,要由他们来搞。

坐在会场上,远远跟舒宁打个招呼,孟楼表面如常,心里却异常憋闷,像千层糕一样滋味重重。对昨天努力赢得的局面,夜里思来想去,却又十分之懊恼,恨不得全部推翻。想想看,时隔这么多年才见上舒宁一面,他竟然没有勇气把真实的自己亮出来——等她走了,他会更加瞧不起自己的。

再说,这两天来,自己这么忽上忽下的,舒宁她见过多少世面啊,自己这点儿小把戏哪里真能瞒过她。唉,在别人面前演戏也就算了,在她面前还强撑,太蠢了。

想想昨天中午，该跟她上楼的，彻底现出原形，哪怕失态地痛哭出来——老实承认吧，这么些年，他从没有过真正的欢笑！他绝望于这样寡淡乏味的小城，绝望于生活，更绝望于他妈的艺术本身。他难以做到所谓的"淡泊以明志，宁静以致远"。这个大跟头一跌，倒跌出个新发现：实际上，自己跟所有人一样是个毫无定力的家伙，他眼热外面的红红绿绿，看电视电影，随便一个热闹荣华的画面，都会突然间令他心口发疼。就算听别人闲聊，听到艺术家或演员这样的字眼，也会脸皮发臊，像有枝条迎面抽打在脸上。他暗中留意从前那些熟人或同学的得意消息，并把这些消息统统变成小铁钉子，撒在一个别人不知道的角落，在睡不着时，在上卫生间时，在独自散步时，他于虚拟中逼着自己脱光衣服，在那些钉子上滚来滚去，每疼一下都算是提醒自己：你个无能的蠢货！所有那些闪光灯，那些牛逼的人或事，包括其背后的滚烫泪水或肮脏交易，永远都不会再跟你有任何关系了，像个瘪了的破皮球一样吧，滚到世界的最边缘去吧！

真的，他想不顾脸面地对舒宁说出这些！他需要大声说一说呀。

……会场上，发言的研究者们正在排人头：县城第一个状元，做纺织的实业家，半耕半读的藏书楼主人，作品选入全宋词的秀才,位至宰相的官宦,祖籍在县城的大导演,进了小学课本的革命烈士,等等,这么大致数一数,也有近二十个"名人大家"了,但当初的设计是搞十个,十大这个十大那个,是向来的规则嘛。于是,讨论、筛选、淘汰,相当激烈呢,每一个入选的名人后面都代表着对千秋功名、人生价值的不同主张,以及对现世利益的微妙影响。

孟楼本来心绪便差,越听越觉得发堵。听听!不管做生意、做官或是做读书人,哪怕就是在这样一个小城,也逃不了那种金字塔般的逻辑,总归要扬名立万、声动名显,如此一来便是人中龙凤,后人万年仰视,否则,便不值一提……唉,到处都一样,小城亦是城,也以成败论英雄,也是名利场,他躲到哪儿都躲不掉。

他瞧一眼舒宁,她表情投入,一边翻看资料,一边写写画画,还打断、提问……会场突然在一阵掌声中迎来了县委副书记。带着个随从,他匆匆落座,对这个纪念馆表示肯定,慰问"舒总"与"专家们"的辛苦,并谦虚地提了几个"不成熟的小想法"。孟楼看到舒宁频频点头记录,并在随后的发言中与之呼应,非常有条理、符合情境,简直就可以直接印成简报。

孟楼低下头……想起来,这还是头一回看到舒宁的工作状态,这样的舒宁有点儿"端"着,显得生疏。这才是真正的舒宁吧，这十几年她就是这样一步步过来的。从前，他最看不惯她这一本正经的奋斗感，可是，此刻想想，她是正确的！他的确太懒散了，缺乏战斗力，经不得起伏与打击，根本不是艺术或生活负了他，而是他负了它们！如果等会儿还有机会，他想对舒宁亲口承认这一点，这是一个迟到的自我反省——早在当年分手时，他就该认识到的。

孟楼看看表，已快到午餐时间了，跟舒宁深谈的可能性其实不大了。唉，也真够折磨人的，满肚子的话简直憋得发胀、坐立不安了，更准确地说，他是有点儿紧张，生怕这一阵子的勇气过去，又不愿再说了。但这个不愿意，不是为他自己，是为着马燕——他这样全盘地否定眼下的自己，其实是对不起她的！

昨天，马燕忙得很累，可很开心，她觉得舒宁人很好、又有本事，可是呢，她衷心地搂住孟楼，不比不知道，她觉得她和孟楼的小日子更好更舒服，不是吗？孟楼被她圆滚滚的胳膊搂得发热，脑子里却想着白天舒宁的眼神——他怀疑舒宁对马燕有些不以为意，这当然跟他提起马燕时那蔫不拉叽的语气有关，他也有意无意地误导了舒宁吧。

……在起初，对这第二次婚姻，潜意识他有点儿自我惩罚的意思，就本着安家落户的基本需求将就了，况且，当时他拖着儿子，也并没有很大的选择余地。婚后，他试着跟马燕坦白，可刚开了个头，马燕就瞪着她并不大的眼睛挥挥手："我当然知道啊。别说了，看现在咱一家三口多好，尤其我，白落个儿子了呢！行了，别像欠着我似的，我本来就是要安生过小日子的。"她把重音放在"小"上，一边热乎乎地笑着。看着她弯弯的单眼皮，孟楼感到心中发胀，不能再错上加错了，他真得跟这个女人认真过日子才是。

而尤其令他难过的是，这样的小日子，比他想象中要顺滑和仁慈得多，如同小河淌水那样，弯弯曲曲地沉入这片广袤平淡的灰色，像人海中的大多数，像无数的前人，也像无数的后来人……那些漫长的夜晚，他跟马燕泡着热水脚，电动按摩水流中，听见时间在脚底下汩汩地流……他按捺住内心的慌乱与悲凉，努力地不往深里想，只管看着马燕那毛孔粗大但十分亲切的脸，听她讲白天的小生意，虾皮涨价了，淡菜走得太慢，干海参与鱿鱼丝有两大笔批发……

唉，生活真是难以说清啊，得意时短促如惊风，败落处却另有静流，就这么缠夹不清，让人思之彷徨！他又怎么能两面三刀地把马燕带着他所建立起来的这一切给一棍子打死？

中午是县委的招待宴，舒宁自是被拉到主桌，看来，他真的没有机会跟她说话了。孟楼随即惊讶地发现，对"说不上话"这个结果,他并不真的那么在意,反有种老天做主、该当如此的庆幸,肩上猛然一轻。

他与地方志的几个熟人坐在靠门边的桌子上,倒了些酒相互敬着喝起来。他举着酒杯,看透明的酒色,酒的对面是一口钟,他看着钟上的长指针一格格跳着,心里竟冒出个几乎是无情的想法:舒宁她真不如快点走算了,就这样戛然而止好了,赶紧各人接着去过自己的"好日子"与"一般日子"吧。他含着一口酒,两腮麻麻的,只盼着天早一点黑,好回家跟马燕一起泡脚,水温四十四摄氏度,还带脚底电动按摩,背上薄薄出一层汗……

可酒才喝了一半,他收到舒宁的短信:待会儿到我房间坐会儿?我三点半的火车。

他往舒宁那边看,发现她的脸有点儿红,正跟副书记碰杯,仓促中往他这里投来含糊的眼神。

唉,他的劲儿已经过去了!他那些泥沙俱下、半通不通的反思已经像融化了的冰河一样浑浊地流过去了。

七

舒宁不知道自己想要什么,为什么要发那么个短信?还有什么未尽之事吗?没有了!他既是不愿让她看透,她也不便僭越；包括她本人——今早，伴随着手机定时，一睁开眼，她盘算起当天的日程，发现自己又恢复了坚硬的执行力，这是十几年的惯性了，她不会为了这么个小城而慢下哪怕小半步的。这一回去，又会继续成为亮闪闪的陀螺，自信而疲劳地旋转起来，而他，仍将成为一个远方的名字，以及这名字所代表的光阴流逝的另一种方式……

只是想到，这么快就要离开孟楼，她真有点儿不甘心。不管怎么说，临走之前，她就是想跟他再多待一会儿，再感受一下他和他的小城。

不过孟楼一进来，她就注意到他的神情不太对，显得有点儿焦躁，还带着点倔强，跟昨天以及前天又不同了。

房间不大，两个人离得挺近，床铺又在身畔，氛围明显局促。但这种局促又是缺乏指向、没有意义的——到了这会儿，谈往事，谈当下，谈情感，什么都不合适了。舒宁心中一时沮丧而伤感，想了想，便问起孟楼的儿子。人们没话找话时，天气、健康、孩子都是救命草。

孟楼哈地笑了一下，似乎也为这个话题而深感高兴，他喝口水开始介绍。他这个儿子，从小抓到现在，真是一步都没有放松。而且跟他回到县城，倒正是好事，这里县一中是高强度的封闭模式，凡是不计入中考分值的科目全停，两年内已把所有课程全都走完了，下面就是全力以赴搞中考——

有个严酷的竞争比率：前5%冲省师大附中，20%拼市一中，35%考县高中……

舒宁听得频频点头。她早知道，这一带的教育，在全国都是有名的，虽然饱受诟病，但的确厉害，出过市状元、省状元、最牛高考班什么的。她早就想着把儿子弄到县中里来压一压，现在遇上孟楼，倒正好可以有个照应呢，她头脑里甚至非常具体地想象着，到了周末，热情的马燕准会烧出一桌子菜来给儿子补充营养……不过舒宁没有说出这些厚脸皮的胡思乱想，只是有意识地详细打听这个县高中的更多细节，住宿条件、升学比例什么的。这当中，她脑子里突然"叮"一声想起什么，心里一慌，插空给儿子发了条短信：今天可不准打篮球，以后都不准。老妈昨天的确是迷糊了。

而在圆满回答完关于县高中的问题之后，孟楼也顺便提到，他儿子目前是在冲刺省师大附中的5%里，要是考上，那就等于重新杀回省城了。他向舒宁打听附中的情况，快慢班比例、保送名额、附近的房租之类，万一儿子明年考中，说不定还要拜托舒宁指点些路子呢。他问得过分详细，眼里闪着尖尖的光，舒宁自是满口应承下来，这还用说吗，孩子的前途是天下第一大的事，这方面她肯定要出力的。

一时间，两个人倒聊得相当火热……直到司机发来短信，舒宁一看表，"哎呀，都两点四十五了，我们还什么都没说呢！"

她忍不住非常遗憾地叫了一声。

她这么一叫，谈话自是中断了。舒宁却终于回过神：看看吧，孟楼对小孩的学习抓得比她还狠，还要让孩子再"杀回省城"，他是在儿子身上寄托他夭亡的志气……舒宁重新抬头看着孟楼，感到心疼，还有恍然一惊的悲怆。

孟楼也在看着她，眼神苦涩，他知道她与他一样的清楚——就算他，或者她，曾经一个台阶一个台阶地爬或者一个跟头一个跟头地跌，血泪模糊、得失相交，但这些经验最终全是无用功，就像冬天过后是春天，可春天过后又是冬天，清零之后又是新一个轮回！他的孩子，她的孩子，所有这些孩子的孩子，都还会从头再来、再爬再跌，为了无用的清梦或了不起的奋斗，为了向左走或向右走，为了忽明忽暗的路程。

舒宁扭过头，起身把拎包什么的归归拢。孟楼僵坐着，抬手看看自己的表，像在掐时间，脸色憋着。突然，他开口："你注意到没有，上午大家讨论的那些名人？"

"什么？"舒宁惊讶极了，这个时候他还要谈公事吗？

"城市纪念馆啊！你看看那个名单，我们所要纪念的那些人，还有那些被去掉的不要了的人。"孟楼似有未尽之意。

舒宁没吭声。这些讨论，她参加得多了，在各个地方做文化项目，什么名人故居、博物馆、城市史之类，总会开些类似的会议，围绕形势与主题之需或某个大领导的偏好，人们在历史的故事堆里扒来扒去，挑挑拣拣弄出点什么，又不屑一顾地埋掉些什么。这样的过程，实在充满暴力，如同所有被"成功学"所压迫和践踏着的人生……唉，孟楼啊，行了，求求你，不要再谈论这些了，到底是什么东西在作祟？好好的旧恋人重逢，为什么不能有情有义有点儿热度啊？这一辈子他们其实又能再见几次面，最重要的难道不是这个吗？——年轻时，我们曾经相爱过……

房间电话响起来，肯定是司机在楼下总台催舒宁出发。

"等这个纪念馆弄好了。我会带儿子去看的，经常去，让他好好看！多生动的教材！"孟楼还在勉力地、言外有意地谈着纪念馆。这最后的时间就要这样过去吗？

"嘘——"舒宁把食指举到嘴边。

孟楼怔怔地停住。

舒宁把双手向他伸过去。

孟楼犹豫着，走近一步，接过她的手。

"还记得吗？我曾是你的女朋友，你曾是我的男朋友。"

"记得。"孟楼干巴巴地答。

"记得那时年纪小，你爱谈天我爱笑。"舒宁背了一句旧台词。也许，这是她曾经设计过的与孟楼重逢的场景之一吧。

她看到孟楼的喉结动了动。那个美妙的喉结，里面藏着美妙的声带，能够在舞台上发出最好的男声。现在，他沉默着。

舒宁把头放在他肩上，轻轻摇晃着两个人的身体，就像很久以前那样，在清冷的图书馆大楼，在寂寥无人的走廊，在二十岁的年纪里……舒宁闭起眼，继续摇晃着，冬季一般漫长的等待之后，终于感受到孟楼的手臂，带着沧桑与柔情，先是轻轻，继而极其沉重地紧紧搂上她的腰。

多么艰难、多么宝贵的一个拥抱。

一个男人和一个女人之间，为了曾经爱过，为了久别重逢，为了再次诀别，在最后这一刻，放下偏见与坚硬，抛却身外之物，还原为一对有情义的、软弱的人。

电话再次响起时，孟楼帮她提起包。等电梯时，他想起什么，冲舒宁抬抬眉："我敢打赌，你昨天肯定一回房间就把那些银杏叶子给扔了！"

"哪里，我可是到今天早上才扔的！"舒宁急忙辩解，与此同时，她的眼前却慢慢飞腾起那一簇已经失了水分的叶子，在空茫的时空里，它们旋转、坠落……就在今晨，起床之后，她在房间里练习瑜伽时，无意间看到桌子上还扔着一堆银杏叶子，她吃力地保持着变形的扭转动作，一边凝视着那卷了边的叶子，在下腰换成"三角式"之前，她把它们一把捋起来扔进了近旁的垃圾桶。她记得的,手指放开叶子,在空气中收回,那一秒钟里,有着不堪承受的蹉跎之感。

        《大家》2013年第2期

名家点评

两个人都想重归于好,又不愿意太过主动,在矜持、迟疑、期盼等复杂的心境中,煎熬着时光。两个人表面所主张的,其实是内心质疑的,作秀表演,故作姿态,"真的同情占多少,假的羡慕有多少,潜在的反讽与自嘲又占多少",连他们自己也分不清楚。鲁敏这幅足够细微复杂的隐居图,成了城市人隐藏着的心电图。有多少人是真正按内心生活呢?《隐居图》始终都在打量这样一种状态,不能按一个人的内心生活,成功的人不能,失意的人也不能。虚伪地隐居,虚伪地成功,真实的内心外面有层层包裹,活得疲累,活得压抑,活得虚伪。这难道就是当下的中国人?小说以超大的容量、精致的笔法、巧妙的构思、不动声色的叙述,将当下市民的心态描画出来。

文学评论家　师力斌 +++++++++++++++++

鲁敏的最新中篇小说《隐居图》中，男子通过展现自己寒碜却温暖的家庭生活，来刺激已经功成名就的昔日情人，因为他知道女人的成功中缺少家庭生活的温馨。本以为是一场需要尽力掩饰的乔装，却因为女人的轻信，变成了愚蠢的独角戏，也失去了伪装的意义。看似隐居在小城、生活幸福的男人其实是满腹辛酸和不情愿，因为他的隐居只是被迫地放弃。说到底，真正隐居下来的不是他的肉身，不是他对未知生活的渴望，而是过去他心里的梦想——它一直不死，需要被压制，只有压制下来才有表象的安宁，但是昔日情人的到来却打碎了一切。小说的结尾，他们艰难地拥抱，"一个男人和一个女人之间，为了曾经爱过，为了久别重逢，为了再次诀别，在最后这一刻，放下偏见与坚硬，抛却身外之物，还原为一对有情义的、软弱的人"。这种善意的了解和同情带有作者主观干预的色彩——在小说的虚构世界中，人物最终得到抚慰和体贴。

文学评论家　王虹艳 ++++++++++++++++++

创作年表

2000 年

❋ 12月,短篇小说《转瞬即逝》发表于《雨花》第12期。

2001 年

❋ 3月,短篇小说《寻找李麦》发表于《小说家》第2期。
❋ 11月,短篇小说《冷风拂面》发表于《十月》第6期。短篇小说《宽恕》发表于《十月》第6期。

2002 年

❋ 2月,短篇小说《紊乱》发表于《北京文学》第2期。
❋ 3月,中篇小说《白围脖》发表于《人民文学》第3期,获第五届南京市政府艺术奖金奖、第五届金陵文学奖荣誉奖。
❋ 5月,短篇小说《虚线》发表于《山花》第5期。
❋ 7月,短篇小说《把爱情泡茶喝了吧》发表于《小说家》第4期,入选《小说家100期经典小说》(百花文艺出版社)。短篇小说《左手》发表于《青年文学》第7期。
❋ 10月,短篇小说《我是飞鸟我是箭》发表于《小说界》第5期,获《长江文艺》2002年度短篇小说奖。

2003年

* 1月，短篇小说《头发长了》发表于《长城》第1期。
* 3月，短篇小说《天衣有缝》发表于《钟山》第2期。
* 5月，短篇小说《白天不懂夜的黑》发表于《芙蓉》第3期。
* 6月，短篇小说《四重奏》发表于《人民文学》第6期。
* 7月，中篇小说《镜中姐妹》发表于《十月》第4期，入选《新世纪优秀中篇小说选：2001—2006》(花城出版社)。
* 8月，短篇小说《杜马情史》发表于《青年文学》第8期。
* 10月，中篇小说《青丝》发表于《花城》第5期。
* 11月，中篇小说《温情的咒语》发表于《小说月报·原创版》第6期。

2004年

* 2月，短篇小说《未卜》发表于《山花》第2期。
* 4月，短篇小说《摇篮里的谎言》发表于《小说界》第2期。
* 6月，短篇小说《李麦归来》发表于《青年文学》第6期。长篇小说《说谎吧，戒指》发表于《十月》长篇小说增刊芒种卷。
* 7月，中篇小说《轻佻的祷词》发表于《小说月报·原创版》

第 4 期。

※ 8月，中篇小说《男人是水，女人是油》发表于《人民文学》第 8 期。

※ 9月，短篇小说《灰姑娘》发表于《江南》第 5 期。

2005 年

※ 1月，长篇小说《戒指》由中国青年出版社出版。

※ 2月，长篇小说《爱战无赢》发表于《小说月报·原创版》增刊长篇专号。

※ 4月，短篇小说《小径分叉的死亡》发表于《人民文学》第 4 期，入选《2005 年短篇小说集》（春风文艺出版社）、被译为德文收录于"*Vidas: Cuentos de China Contemporanea*"（德国 Dix Verlag 出版社，2009 年）。

※ 5月，长篇小说《爱战无赢》由百花文艺出版社出版。

※ 7月，短篇小说《心花怒放》发表于《长江文艺》第 7 期。

※ 8月，短篇小说《方向盘》发表于《人民文学》第 8 期，入选中国小说学会 2005 年度小说排行榜。

※ 11月，中篇小说《笑贫记》发表于《十月》增刊"情感伦理中篇小说专号"，获第六届金陵文学奖一等奖。

※ 12月，短篇小说《耳与舌的缠绵》发表于《青年文学》第 12 期。

2006年

※ 1月,中篇小说《穿过黑暗的玻璃》发表于《现代小说》第1期。

※ 2月,中篇小说《操场上空的红旗》发表于《北京文学》第2期。

※ 3月,中篇小说《白衣》发表于《中国作家》第3期,入选《2006中国中篇小说年选》(花城出版社)。

中篇小说《喧嚣的旅程》发表于《当代》增刊中篇小说专号。

※ 4月,短篇小说《一道眉》发表于《雨花》第4期。

长篇小说《百恼汇》发表于《小说月报·原创版》第2期。

※ 6月,短篇小说《烟》发表于《人民文学》第6期。

※ 8月,短篇小说《正午的美德》发表于《青年文学》第8期。

2007年

※ 1月,短篇小说《跟陌生人说话》发表于《花城》第1期。

※ 2月,短篇小说《盘尼西林》发表于《作家》第2期。

中篇小说《颠倒的时光》发表于《中国作家》第2期,获《小说选刊》2006—2007年度读者最喜爱小说奖、《中国作家》优秀作品奖,入选《2007中国小说排行榜》(北京工业大学出版社)、《2007中国中篇小说年选》(花城出版社)、

《2007中国最佳短篇小说》(辽宁人民出版社)。

中篇小说《逝者的恩泽》发表于《芳草》第2期,获首届"中国小说双年奖"、第二届汉语文学女评委奖"最佳叙事奖",入选《2007年中篇小说》(春风文艺出版社)、《2007年中国中篇小说精选》(长江文艺出版社)、《21世纪中国最佳中篇小说：2000—2011》(贵州人民出版社),后被译为俄文收录于《KNTAŇCKA Я ПРOЗA XXI BEKA》(俄罗斯 COPOK TPETB Я CTPaHП 出版社,2011年)。

※ 3月,中篇小说《媒人》发表于《都市小说》第3期。

长篇小说《贞洁蒙尘》发表于《小说月报·原创版》长篇小说增刊第1期。

※ 4月,短篇小说《种戒指》发表于《山花》第4期。

短篇小说《致邮差的情书》发表于《人民文学》第4期,入选《2007年短篇小说》(春风文艺出版社)。

※ 5月,短篇小说《暗疾》发表于《大家》第3期,后被译为英文收录于人民文学杂志社外刊 *Pathlight*(2012年第2期)。

中篇小说《取景器》发表于《花城》第3期。

※ 7月,中篇小说《风月剪》发表于《钟山》第4期,入选中国小说学会2007年度小说排行榜、《中国中篇小说经典(2007)》(山东文艺出版社)。

※ 8月,中篇小说《思无邪》发表于《人民文学》第8期,获2007年"茅台杯"人民文学奖,入选《2007年中篇小说精选》(天津人民出版社)。

※ 9月,中篇小说《秘书之书》发表于《小说月报·原创版》第5期。

※ 10月,长篇小说《博情书》(原名《贞洁蒙尘》)由江苏文艺出版社出版。

2008年

※ 1月,中篇小说《纸醉》发表于《人民文学》第1期,入选《2008中篇小说》(人民文学出版社)、《2008年中篇小说》(春风文艺出版社)、《2008中国年度中篇小说》(漓江出版社)、《2008年中国中篇小说经典》(山东文艺出版社)。

中篇小说《墙上的父亲》发表于《钟山》第1期,入选《2008年中国中篇小说精选》(长江文艺出版社),后被译为日文入选『9人の隣人たちの声』(勉诚出版株式会社,2012年)。

※ 3月,长篇小说《没有方向的盘》发表于《作家》春季号。

※ 5月,短篇小说《离歌》发表于《钟山》第3期,入选中国小说学会年度排行榜、《21世纪年度小说选:2008

短篇小说》(人民文学出版社)、《太阳鸟文学年选：2008中国最佳短篇小说》(辽宁人民出版社)、《2008中国年度短篇小说》(漓江出版社)、《2008中国小说(北大选本)》(北京大学出版社)、《2008年短篇小说》(春风文艺出版社)，后被译为英文入选 *Massachusetts Review* 2020年秋季号并获得该杂志年度翻译作品奖。

中篇小说《超人中国造》发表于《中国作家》第5期。

长篇小说《家书》发表于《小说月报·原创版》第3期，获第十三届"百花奖"原创长篇小说最佳新人奖(2009年)。

长篇小说《机关》由重庆出版社出版。

❋ 6月，短篇小说《木马》发表于《上海文学》第6期，入选《21世纪年度小说选：2008短篇小说》(人民文学出版社)。

❋ 8月，长篇小说《百恼汇》由上海人民出版社出版。

❋ 9月，中篇小说《燕子笺》发表于《西部·华语文学》第9期。

❋ 10月，短篇小说《在地图上》发表于《上海文学》第10期，入选《2008短篇小说》(人民文学出版社)、《2008年中篇小说》(春风文艺出版社)。

中短篇小说集《纸醉》由江苏人民出版社出版。

2009 年

※ 1月，短篇小说《伴宴》发表于《中国作家》第1期，入选《2009年中国短篇小说精选》（长江文艺出版社）、《百年百部短篇正典》（春风文艺出版社），获第五届鲁迅文学奖。

※ 5月，中篇小说《饥饿的怀抱》发表于《人民文学》第3期。

中篇小说《细细红线》发表于《钟山》第3期。

短篇小说《第十一年》发表于《花城》第3期。

中短篇小说集《取景器》由山东文艺出版社出版。

※ 7月，中篇小说《羽毛》发表于《收获》第4期，入选《2009年中篇小说》（春风文艺出版社）。

※ 8月，短篇小说《企鹅》发表于《山花》第8期，入选《21世纪中国文学大系2009年短篇小说》（春风文艺出版社）、《2009最适合中学生阅读短篇小说年选》（北方妇女儿童出版社）。

获第十二届庄重文文学奖。

2010 年

※ 1月，短篇小说《铁血信鸽》发表于《人民文学》第1期，入选中国小说学会年度排行榜、《北京文学》"2010年中国当代文学最新作品排行榜"，入选人民文学出版社中外

作家同题互译项目《潮166：兽宴》，后被译为意大利文入选人民文学杂志社外文版 *Caratteri*（2014年第1期）、西班牙文入选 *Tándem Animales*（阿根廷 Godot 出版社，2019年）。

※ 7月，中短篇小说集《离歌》由春风文艺出版社出版。

※ 8月，中篇小说《惹尘埃》发表于《人民文学》第8期，入选《2010年中篇小说》（春风文艺出版社），随后获第二届郁达夫文学奖（2012年）。

※ 9月，中篇小说《月下逃逸》发表于《钟山》第5期。

※ 10月，长篇小说《此情无法投递》由江苏文艺出版社出版。

2011年

※ 5月，中篇小说《死迷藏》发表于《钟山》第3期。

※ 6月，中短篇小说集《伴宴》由江苏文艺出版社出版。中短篇小说集《惹尘埃》由二十一世纪出版社出版。

※ 7月，中篇小说《缺席者的婚礼》发表于《上海文学》第7期。

※ 9月，中篇小说《不食》发表于《收获》第5期，入选《2011中国中篇小说年选》（花城出版社）。

2012年

※ 1月，短篇小说《今日忌多情》发表于《民治·新城市文学》

第 1 期。

⁑ 3 月，长篇小说《六人晚餐》发表于《人民文学》第 3 期，获人民文学年度长篇小说奖，入选中国小说学会年度排行榜长篇小说榜。

⁑ 6 月，短篇小说《西天寺》发表于《天南》总第 8 期，后被译为英文入选人民文学杂志社外文刊 *Chutzpah*（2012 年第 8 期）、俄克拉荷马大学英译期刊 *Chinese Literature Today*、俄文入选 *Жизнь после смерти*（莫斯科时代出版社，2021 年）。

长篇小说《六人晚餐》由十月文艺出版社出版。

⁑ 7 月，短篇小说《谢伯茂之死》发表于《收获》第 4 期，后被译为西班牙文入选 *Después de Mao*（阿根廷 Adriana Hidalgo 出版社，2017 年）。

⁑ 8 月，短篇小说《字纸》发表于《北京文学》第 8 期。

⁑ 9 月，中短篇小说集《墙上的父亲》由新星出版社出版。

2013 年

⁑ 1 月，中短篇小说集《回忆的深渊》由昆仑出版社出版。

⁑ 3 月，中篇小说《隐居图》发表于《大家》第 2 期。

⁑ 4 月，中短篇小说集《九种忧伤》由花城出版社出版。

⁑ 6 月，短篇小说《小流放》发表于《人民文学》第 6 期。

中篇小说《零房租》发表于《小说月报·原创版》第 6 期。

※ 7 月，短篇小说《荷尔蒙夜谈》发表于《收获》第 4 期，获首届东吴文学奖·短篇小说奖（2019 年）。

短篇小说《当我们谈起星座》发表于《江南》第 4 期。

2014 年

※ 5 月，中篇小说《徐记鸭往事》发表于《长江文艺》第 5 期，入选《2014 中国年度中篇小说》（漓江出版社）、《中国短篇小说年度佳作 2014》（贵州人民出版社），后被译为英文入选俄克拉荷马大学英译期刊 *Chinese Literature Today*（2020 年）。

※ 6 月，中短篇小说集《小流放》由山东文艺出版社出版。

※ 7 月，短篇小说《赵小姐与人民币》发表于电子刊《ONE·一个》。

※ 9 月，短篇小说《万有引力》发表于《钟山》第 5 期，入选《2014 中国年度短篇小说》（漓江出版社）。

2015 年

※ 1 月，中篇小说《三人二足》发表于《收获》第 1 期，获评《北京文学》年度重点优秀作品。

※ 7 月，中篇小说《坠落美学》发表于《花城》第 4 期，

入选《2015中国最佳短篇小说》(辽宁人民出版社)。

2016年

※ 1月,短篇小说《拥抱》发表于《收获》第1期,入选收获年度文学排行榜短篇榜。

※ 3月,短篇小说《幼齿摇落》发表于《作家》第3期,获《作家》第四届"金短篇"小说奖。

※ 10月,短篇小说《大宴》发表于《人民文学》第10期,入选《2016年中国短篇小说精选》(长江文艺出版社),后被译为英文入选俄克拉荷马大学英译期刊 *Chinese Literature Today*(2020年)。

《此情无法投递》英文版由西蒙与舒斯特公司(Simon & Schuster)出版。

2017年

※ 1月,短篇小说《火烧云》发表于《上海文学》第1期,获漓江出版社2017中国年度短篇小说·特别推荐奖,入选《2017中国年度短篇小说》(漓江出版社)、《北京文学》2017年中国当代文学最新作品排行榜、《中国短篇小说年度佳作2017》(山西人民出版社)、《2017年中国短篇小说精选》(长江文艺出版社)、《2017年中国短篇小说排

行榜》（百花洲文艺出版社）、《2017中国最佳短篇小说》（辽宁人民出版社）、《2017中国年度作品（短篇小说）》（现代出版社），后获第六届汪曾祺文学奖（2019年）。

短篇小说《无边无际的游泳池》发表于《嘉人》第1期。

中短篇小说集《荷尔蒙夜谈》由十月文艺出版社出版。

※ 3月，中短篇小说集《跟陌生人说话》由江苏文艺出版社出版。

※ 4月，长篇小说《奔月》发表于《作家》第4期，入选中国小说学会年度长篇小说排行榜。

※ 5月，短篇小说《枕边辞》发表于《芒种》第5期，后入选人民文学出版社中外作家同题互译《潮166：食色》，被译为意大利文入选 *Gli Insaziabili*（Nottetempo 出版社，2019年）。

长篇小说《六人晚餐》由十月文艺出版社再版。

※ 10月，长篇小说《奔月》由人民文学出版社出版，入选人民文学出版社年度十大好书、中国出版集团中版好书2017年度榜。

中短篇小说集《镜中姐妹》由太白文艺出版社出版。

※ 11月，短篇小说《单词斩》发表于《小说界》第6期。

※ 12月，中短篇小说集《正午的美德》由长江文艺出版社出版。

2018年

❋ 1月,中篇小说《有梦乃肥》发表于《作家》第1期。

中篇小说《绕着仙人掌跳舞》发表于《大家》第1期,入选《扬子江评论》2018年度文学排行榜、《青春文学》2018年度"城市文学"中篇小说榜、《2018中篇小说》(人民文学出版社)。

长篇小说《此情无法投递》由四川文艺出版社出版。

中短篇小说集《惹尘埃》由四川文艺出版社出版。

中短篇小说集《逝者的恩泽》由中国书籍出版社出版。

❋ 3月,小说集《当代中国名家双语阅读文库·鲁敏卷》由南京师范大学出版社出版。

❋ 4月,中短篇小说集《思无邪》由四川文艺出版社出版。

❋ 8月,中短篇小说集《纸醉》由河南文艺出版社出版。

❋ 10月,短篇小说《球与枪》发表于《上海文学》第10期,获第十二届《上海文学》奖,入选《收获》2018年度排行榜之短篇榜、《2018短篇小说》(人民文学出版社)。

获第五届冯牧文学奖。

长篇小说《此情无法投递》土耳其文版由Canut出版社出版。

长篇小说《此情无法投递》塞尔维亚文版由Albatros Plus出版社出版。

2019 年

※3月,中篇小说《写生》发表于《收获》第2期。

中短篇小说集《逝者的恩泽》由中国文联出版社出版。

※5月,中篇小说《或有故事曾经发生》发表于《十月》第3期,获第十九届百花文学奖(2021年)、第16届十月文学奖(2021年),被评为《北京文学》2019年度优秀作品,入选《2019年中篇小说选粹》(北岳文艺出版社)、《2019年中篇小说选粹》(长江文艺出版社)、《2019中国中篇小说年选》(花城出版社)。

长篇小说《六人晚餐》土耳其文版由Canut出版社出版。

中短篇小说集《墙上的父亲》土耳其文版由Canut出版社出版。

长篇小说《此情无法投递》韩文版由韩国土堂出版社出版。

2020 年

※1月,中短篇小说集《铁血信鸽》由人民文学出版社出版。

长篇小说《六人晚餐》瑞典文版由Bokforlaget Wanzhi公司出版。

长篇小说《六人晚餐》塞尔维亚文版由Albatros Plus公司出版。

长篇小说《六人晚餐》德文版由 Ostasien Verlag 公司出版。

长篇小说《奔月》阿拉伯文版由黎巴嫩雪松出版社出版。

11月，中短篇小说集《梦境收割者》由中信出版社出版。

2021年

※ 1月，短篇小说《灵异者及其友人》发表于《花城》第1期，入选《2021短篇小说》（人民文学出版社）、《2021年中国短篇小说二十家》（四川人民出版社）、《2021中国年度短篇小说》（漓江出版社）、《2021中国年度作品·短篇小说》（现代出版社）、《扬子江文学评论》2021年度文学排行榜。

中短篇小说集《菱泥与飘逸》由江苏文艺出版社出版。

※ 11月，中篇小说《味甘微苦》发表于《北京文学》第11期，入选《2021中国短篇小说精选》（辽宁人民出版社）。

长篇小说《金色河流》发表于《收获》长篇小说秋卷，获首届凤凰文学奖，入选中国小说学会年度长篇排行榜。

长篇小说《此情无法投递》泰文版由 Hongsamut 出版社出版。

中短篇小说集《西天寺》英文版由 Royal Collins 出版社出版。

2022年

3月,长篇小说《金色河流》由译林出版社出版。

5月,短篇小说《镶金乌云》发表于《江南》第3期。

7月,短篇小说《她知道我就是他》发表于《天涯》第4期。

8月,长篇小说《金色河流》获第二届曹雪芹华语文学大奖。

11月,短篇小说《暮色与跳舞熊》发表于《长江文艺》第11期,入选《暮色与跳舞熊:2022年中国女性文学作品选》(江苏凤凰文艺出版社)、《依云而上的人:2022中国短篇小说精选》(辽宁人民出版社)、《扬子江文学评论》2022年度文学排行榜、《北京文学》2022年度中国当代文学最新作品排行榜。